행복한
미운오리새끼

행복한 미운오리새끼

12년 차 교사가 전하는 가슴뭉클한 성장일기

초 판 1쇄 2025년 03월 18일

지은이 김윤미
펴낸이 류종렬

펴낸곳 미다스북스
본부장 임종익
편집장 이다경, 김가영
디자인 임인영, 윤가희
책임진행 안채원, 이예나, 김요섭, 김은진, 장민주

등록 2001년 3월 21일 제2001-000040호
주소 서울시 마포구 양화로 133 서교타워 711호
전화 02) 322-7802~3
팩스 02) 6007-1845
블로그 http://blog.naver.com/midasbooks
전자주소 midasbooks@hanmail.net
페이스북 https://www.facebook.com/midasbooks425
인스타그램 https://www.instagram.com/midasbooks

© 김윤미, 미다스북스 2025, *Printed in Korea*.

ISBN 979-11-7355-125-3 03810

값 18,500원

미다스북스는 다음세대에게 필요한 지혜와 교양을 생각합니다.

12년 차 교사가 전하는 가슴뭉클한 성장일기

행복한
미운오리새끼

| 김윤미 지음 |

미다스북스

들어가며

9

태어나보니 철부지 미운오리새끼지만

어느새 작은 날갯짓을 시작해요

마음껏 자유롭게 하늘을 날아요

4장

고난을 뚫고, 더 힘차게 비상해요

5장

이제는 못 하는 게 없는 찬란한 백조예요

엄마의 모든 몸짓,

눈빛 하나하나가 내겐 소중함 그 자체였다.

이 책은 철부지에서 철든이로 성장시켜주신

엄마와의 소중한 시간을 담고 있다.

들어가며

2015년 10월 15일 내가 딛고 있던 땅이 흔들립니다. 나의 삶이 흔들립니다. 직장생활과 육아에 눈코 뜰 새 없이 바쁘게 사는 나에게 구원투수와도 같은 엄마. "엄마가 도와줄 테니 걱정하지 마. 엄마가 곧 올라갈게." 엄마가 올라와 주시기만을 오매불망 기다리던 막내딸. 곧 올라와서 도와주실 엄마를 믿고 바빠도 즐거웠던 직장 일과 육아, 가사.

그러던 어느 날 거짓말처럼 엄마는 쓰러지셔서 9년간 와상 환자로 투병하십니다.

이때부터 철부지였던 막내딸은 친정어머니의 힘든 투병

과정에서 말할 수 없이 슬펐던 그 시간을 지나오며 진정한 가족 사랑과 크나큰 하나님의 은혜를 경험합니다. 삶에 대해 더욱 깊이 있는 고민과 함께 모든 것을 이기는 사랑의 힘을 알게 됩니다. 2023년 10월 6일, 친정어머니께서 이 땅에서 소풍을 마치시고 하나님의 부르심을 받습니다. 엄마의 부르심을 앞두고 하나님께서는 많은 신호를 주셨습니다. 그 신호를 주셔서 알아차리게 해주시고 마음의 준비를 할 수 있게 해주신 주님이시여! 저처럼 부족하고 못난 사람이 강병희 집사님과 같은 훌륭하고 어진 분을 엄마로 만날 수 있었음에 감사를 드립니다.

엄마의 작은 몸짓, 표정, 모든 일거수일투족을 통해 엄마가 쓰러지시기 이전과는 다른 방식의 대화와 농담을 주고받으며 엄마와 함께했던 애틋한 9년간의 세월은 제 인생에서 너무나 특별한 시간이었습니다. 이 책을 쓰게 된 동기가 된 어머니의 사랑을 다시 한번 되새겨봅니다. 고난의 터널을 마침내 통과할 수 있는 빛이 되어 주신 주님께 감사드리며 이 책을 시작합니다.

1장

태어나보니
철부지 미운오리새끼지만

어머니의 사랑은 평범한 이가 불가능한 것을 할 수 있게
도와주는 에너지와 같은 것이다.

- 매리언 C. 개레티 -

쉿~! 아버지 주무신다

　나의 어린 시절 집안에 대한 기억은 고요한 분위기를 담고 있다. 아빠께서 주무실 시간이 되면 우리 집은 시계의 건전지를 빼서 초침 소리가 안 들리게 할 만큼 조용한 환경을 조성했다. 어쩌다 밤에 자다가 깰지라도 뒤꿈치를 들고 다니며 혹시라도 아빠가 깨실까 봐 조심했다. 막내인 내가 어쩌다 부산스럽게 굴면 엄마께서는 다급하게 말씀하셨다. "쉿! 아버지 주무신다. 조용히 해."

　아빠는 불면증이 있으셔서 잠들기가 힘드셨고 한번 잠이 들어도 외부에서 나는 소리에 민감하셔서 중간에 깨시면 잠을 이루기 더 어려워하셨다. 그래서 엄마와 우리 어린 자녀들은 아빠가 주무시는 시간이 되면 집안을 소등하고 입도 벙긋하지 않고 조용했다. 유년 시절에 대한 기억은 이렇다. 활발하게 많은 활동을 하시며 사교적이신 엄마, 조용하신 아빠, 똑똑한 언니들, 그리고 저녁 시간이 되면 고요해지는 우리 집. 그때 그 시절 시계 건전지도 빼놓아서 몇 시인지도 모르는 상황에서 엄마는 어떻게 일찍 일어나셨을까? 엄마는 항상 새벽 5시쯤 일어나셔서 하루를 시작하셨다. 아버지와 우리들의 도시락을 정성껏 싸주시며 특히 식사를 차리는 것에 많이 신경 쓰셨다. 지금도 기억나는 것은 아빠의 도시락은 반찬 가짓수가 상당히 많은 찬합 용기에 싸주셨다는 것이다. 어쩜 그건 그냥 도시락이 아니라 아빠의 건강을 위한 엄마의 간절함이 담긴 소망이 아니었을까? 엄마는 아빠의 식사를 최선을 다해 준비하셨다. 아빠가 건강하시기를 바란 엄마의 마음이 고스란히 도시락과 식탁에 담겨 있었다.

어린 나의 눈에 비친 아빠는 우리 집에서 조용한 최고의 권위자, 엄마는 천사 같은 내조의 여왕이었다. 부지런한 엄마는 살림을 잘하실 뿐만 아니라 다재다능하셔서 마을 노래

자랑, 글짓기대회에서 수상도 하셨다. 마음씨 또한 따뜻하셔서 주변의 어려운 이웃들을 잘 챙겨주셨다. 명절 때가 되면 선물 세트를 한가득 준비하셔서 많은 분께 마음을 표현하셨다. 가정형편이 그리 녹록지 않았지만, 명절에 이웃들을 그냥 지나치는 법이 없으셨다. 설탕 한 봉지가 될지언정 엄마는 선물을 빼놓지 않고 준비하셨었다. 그런 엄마는 내게 닮고 싶은 존경스러운 인물이었다. 지금도 종종 갈등 상황이 생기면 '이럴 때 엄마는 어떻게 하셨을까?' 이런 생각을 하곤 한다.

사랑의 도시락

2

사랑은 콜라로 확인시켜 주세요

어려서부터 유난히 콜라를 좋아했다. 톡 쏘는 그 알싸한 맛이 어린 내겐 기가 막히게 맛있었고 신세계에 이르게 해주는 상쾌한 맛이었다. 콜라가 너무 먹고 싶어서 한 달에 한 번 있는 가족 외식 시간을 손꼽아 기다릴 정도였다. 주로 고깃집을 가곤 했기 때문에 콜라를 꼭 시켜 먹었다. 그런데 난 평소에도 콜라를 먹고 싶었다. 하지만 부모님은 허락해 주시지 않았다. 7살 어린 나이의 나는 엉뚱한 짓을 하고 말았다. 부모님이 나의 친부모님이 아닐 거라는 엉뚱하고 괘씸하기 짝이 없는 생각을 하고는 한글도 제대로 모르면서 최대한 아는 글자를 동원해 쪽지를 남기고 집을 나간 것이다. 쪽지 내용은 '우리 엄마, 아빠는 나를 주워 왔음에 틀림없다. 내가 콜라를 이렇게 먹고 싶어 하는데 절대 사주시지 않는다.'였다. 이 쪽지를 부모님 보란 듯이 펴놓고 가출했다. 그때 내가 집을 나가 머문 곳은 뒷마당으로 가는 좁은 통로. 나름 호기롭게 배짱을 부렸지만, 겁은 많아서 집 밖을 나가지는 못하고 거기에 쭈그리고 앉아 가족들이 찾아주기를 기다렸다. 얼마쯤 지났을까? 발도 저리고 앉아 있기 힘들고 지쳐서 제 발로 나가야 하나 어쩌나 할 때쯤 다행히 언니들이 날 찾았다. "엄마, 아빠! 윤미 여기 있어요!"

난 그날 저녁 엄마, 아빠, 언니들이 날 빙 둘러앉아서 쳐다보는 가운데 코카콜라를 혼자서 한 번에 다 마셔버렸다. 아! 그때의 기억이 왜 이렇게 선명한지. 뭐랄까? 나의 계획이 잘 들어맞았다는 승리감과 그렇게 좋아하는 콜라를 나 혼자서 실컷 먹은 뿌듯함, 그리고 부모님이 나를 사랑하고 있다는 확신에 너무나도 행복한 시간이었다. 그런데 어른이 되고 나니 그때 왜 그렇게 철없는 행동을 했는지 모르겠다. 그 콜라 사건은 이후로 가족 모임에서 두고두고 회자되는 이야기 소재가 되었다.

콜라 사랑 윤미 사랑

행복한 미운오리새끼

$$3$$

언니들은 백조인데 난 왜 이렇죠

언니들은 어릴 때부터 학업성적이 우수했고 모든 분야에서 두각을 나타냈다. 큰언니는 전교 어린이회장에 모범상부터 전국 과학 경시 대회 수상까지 상이란 상은 다 휩쓸었다. 둘째 언니 역시 그러했다. 전교 어린이회장, 모범상, 수학 경시대회 수상, 여기에 빼어난 미모 덕에 무용부 활약까지 더해져 무용대회에서 수상하는 경력까지 있었다. 내가 봐도 둘째 언니는 정말 예뻤다. 언니가 지나가면 길 가던 사람들도 다시 뒤돌아볼 정도였다. 인기가 많아서 언니 주변에 남학생들이 졸졸 따라오면 나는 바짝 언니 뒤를 따라가며 남학생들로부터 언니를 지키는 역할을 하곤 했다. 집에 전화가 와서 둘째 언니를 찾으면 전화 잘못 거셨다고 끊는 담당도 나였다. 물론 내가 좋아서 자처한 역할이다. 나는 커서 둘째 언니가 탤런트가 되면 매니저를 하겠다는 야심 찬 진로 계획을 세울 정도로 둘째 언니를 좋아했고 자랑스러워했다. 공부 잘하고 상도 많이 타는 언니들이 무척 좋았는데 언니들과 내가 비교되는 것을 느끼게 되면서부터 왠지 주눅이 들고 나 자신이 초라하다고 여겨졌다. 언젠가 사촌 언니가 집에 놀러 왔는데 큰언니와 둘째 언니가 받은 상장을 보면서 칭찬을 엄청 많이 했다. 그냥 언니들 칭찬을 한 것뿐인데 퍽 소외감을 느꼈다. 내 칭찬은 한 번도 안 나왔기 때문이었다. 엄마도 나와 같은 마음을 느끼셔서였을까? 내가 받은 개근상을 상장보관함 맨 앞에 두셨다.

1993년도는 대전에서 과학엑스포가 개최된 해다. 대전 엑스포를 앞두고 많은 행사가 개최되었는데 그중 전국 만화대회는 내 인생에서 큰 획을 그어주는 뜻깊은 행사였다. 만화 그리기를 좋아했던 나는 공모 포스터를 보고 작품을 접수했고 기대하지도 못했던 학생 부문 1등 상을 받게 되었다. 그 당시 상금으로 50만 원을 받게 되었는데 거액이라 매우 놀랐다. 나는 받은 상금을 엄마 치과 치료비로 드렸다. 엄마는 그 일을 사방팔방에 전하시며 엄청나게 기뻐하시고 자랑스러워하셨다. 얼마 전 나에게 소외감을 안겨주었던 사촌 언니에게도 나의 수상 소식과 상금 사용 내역을 아주 오랫동안 자랑하셨다. 주변에서는 효녀라고 많이 칭찬해 주셨다. 나에게 자존심의 회복과 자존감을 되찾게 해준 고마운 만화대회. 그 수상작 제목은 『꿈돌이의 꿈』이었다. 작품을 설명하자면, 꿈돌이가 꿈을 꾸고 있고 그 꿈속에 꿈돌이가 아주 많다. 그 수많은 꿈돌이의 표정이 저마다 각양각색이다. 웃는 모습, 우는 모습, 화난 모습, 삐진 모습, 곰곰이 생각하는 모습, 뭔가 신나 보이는 듯한 모습, 겁쟁이 같은 모습, 위풍당당한 모습 등 같은 모습이 하나도 없다. 모두의 표정이 다르다. 『꿈돌이의 꿈』 작품을 다시 보고 싶은데 수상작 모음집 책을 이사 올때 실수로 버렸나 보다. 지금은 그 책이 없다. 아! 『꿈돌이의 꿈』을 다시 보고 싶다. 내가 생각해도 참신한 아이디어였던 것 같다. 심사평에 나에 대한 칭찬도 꽤 길었는데 아깝다. 두고두고 가보로 남겨야 할 것을 잃어버렸나 보다. 혹시 구할 수 있을까 싶어 인터넷에 검색했지만 역시 없다.

꿈돌이의 꿈

행복한 미운오리새끼

4

짝사랑? 아니 첫사랑!

서울에서 대학에 다니는 큰언니는 방학 때마다 대전 본가에 오면 나에게 복음을 전했고 교회에 다니라고 했다. 그러나 복음은 언니의 열정적인 강의로만 여겨질 뿐이었다. 이론으로는 알 것 같았으나 교회에 갈 마음은 선뜻 생기지 않았다. 언니가 교회에 꼭 나가라고 해도 그냥 귓등으로 듣고 흘리곤 했다. 그러자 언니가 내게 딱 맞는 맞춤형 제안을 했다. 교회에 등록하면 용돈을 매달 5만 원씩 준다는 것이다. 난 당장 집 근처에 있는 교회 대학부에 등록했다. 처음엔 좀 어색하긴 했지만 교회가 꽤 크고 대학부도 내가 재학하는 대학교의 학생들도 꽤 있는 편이었다. 심지어 학교에 교회 동아리방까지 있을 정도였다. 적응은 어렵지 않게 할 수 있었다. 꼬박꼬박 잘 출석하고 용돈도 꼬박꼬박 잘 받았다. 서울 가서 아르바이트로 학비와 용돈을 벌며 힘들 텐데 동생 용돈까지 정기적으로 챙겨주다니 지금 생각하면 참 고맙고 미안하다. 교회에 다니긴 했지만 난 여전히 세상적으로 놀기 좋아하고 예배 생활보다는 내 개인적 관심사가 앞서는 그런 날라리 성도였다. 불교인 남학생과 소개팅할 때도 아무 거리낌 없이 소개팅했고 아르바이트한다고 예배를 건너뛰는 일도 고민 없이 선택했다. 그게 별로 양심의 가책이 느껴지지 않았다.

그러던 어느 날 교회에서 킹카를 만났다. 그토록 찾아 헤맨 킹카가 교회에 있었지 뭔가. 군대에서 제대하고 온 그 남학생은 다른 남자애들과는 비교 불가였다. 다른 남학생과는 차원이 달랐다. 외모로나, 내면으로나 모든 게 내 기준의 만점을 뚫고 올라갔다. 아무리 봐도 너무 완벽했다. 심지어 이름마저 '완철'이다. 완전히 철든 멋진 애였다. 잘생겼고 키도 크고 사람들에게 친절하고 웃어른에게 매우 예의 바르게 행동했다. 도움이 필요한 사람이 있으면 상대방이 미안해하지 않도록 분위기를 만들면서 도와주는 좋은 성품을 지녔다. 말도 크게 하지 않고 조곤조곤 말하고 웃는 모습이 무슨 아이돌 같다. 마침 여자친구가 없다. 빨리 손을 써야 하는데 어떻게 하지? 손을 쓰고 싶으나 방법이 없다. 그 애는 교회 대학부에서 핵심적인 인물이고 친한 애도 많고 봉사활동도 무척 열심히 해서 모든 사람의 귀감이 되었고 교회에서 신랑감 1순위라고 자타공인 인정받고 있었다. 반면 나는 날라리 성도에다가 그 애와 활동반경이 겹치는 게 하나도 없었다. 그런데 딱~ 하나 겹치는 건 토요일에 보육원을 방문하는 봉사활동이었다. 보육원 봉사활동을 다녀올 때마다 함께 오고 가곤했다. 그때 말도 많이 주고받지 못하고 그저 "안녕~" 인사가 전부였다. 나도 내가 이렇게 수줍음이 많고 말수가 적은지 몰랐다. 그 애 앞에서는 말수도 너무 적어지고 말투도 너무 달라졌다. 나는 그 애와 친해지고 싶었다. 어떻게 하면 친해질 수 있을지 깊은 고민에 빠졌다. 대학부에서 나랑 제일 친한 친구 한 명에게 이 사실을 털어놨고 그 친구도 교회 온 지 얼마 안 되는 애였는데 과감히 나를 위해 자기가 다리를 놓겠다고 했다. 완철이는 너무나 스윗했고 친절했기에 내 친구는 영화표 4장을 구매하고는 완철이에게 영화를 보자고 제안했단다. 그때 돌아온 완철이의 답은 "내가 왜 너희랑 영화를 봐…?"였다고 한다. 명아는 친절한 완철이가 같이 볼 줄 알았었나 보다. "미안해 윤미야, 나 다리 못 놓겠다. 아휴~ 창피해."라고 연신 미안해한다. 내 친구 명아야. 어쨌든 애썼다. 고마워. 그 일 이후로 완철이를 만나도 나는 여전히 "안녕?"이라는 말밖에는 할 수 없었다. 그게 나의 플러팅의 전부였다. 방학 때 큰언니가 집에 왔다.

"교회 잘 다니고 있어?"

"응, 그런데 언니! 나 좋아하는 애가 있어. 대학부에."

"그래~?"

나는 입에 침이 마르도록 그 아이의 칭찬을 했다. 언니는 내 얘기를 듣고 나더니 나를 위해서 기도해 주겠다고 했다. 나는 기분 좋게 언니의 마음을 받아들이며 빨리 기도해 달라고 했다. 그런데 언니는 내가 이해할 수 없는 기도를 해주었다. "하나님 보시기에 윤미와 완철이의 교제가 좋으시다면 아름다운 교제의 통로를 허락해 주시고 그렇지 아니하시다면 윤미의 마음에서 완철이를 좋아하는 마음을 제거해 주시옵소서." 이런 내용의 기도를 언니는 꽤 간절하게 했다. 내가 기대한 기도와 달랐다. 나는 그 당시 아직도 날라리 성도였으니까 기도의 내용을 이해하기 어려웠다. 기도를 마친 후 나는 약간 소름 돋는 감격을 맛보았다. 언니의 간절한 기도가 끝난 후 완철이에게 전화가 온 것이다. 전화 내용은 96학번 동기에게 전달하는 평범한 일상적인 내용이었지만 그 전화는 나와 완철이가 개인적으로 주고받은 첫 대화였고 "안녕～"이라는 말 이후 가장 길게 대화한 것이었다. 하나님께서 나의 얕은 믿음을 보시고 내게 맞춤형으로 기도 응답을 해주신 것이 아니실까? 그 당시 나란 사람의 최대 관심사는 킹카 만나기였기 때문이다.

나는 본격적으로 열공모드로 들어갔다. 완철이와 가까워지는 방법을 연구하기 시작했다. 몇 가지 루트를 통해 가까워질 수 있을 것 같았다. 가장 가능성이 큰 방법은 '봉사활동'이었다. 완철이는 봉사활동을 열심히 하니 나도 봉사활동을 열심히 해서 친해져야겠다고 생각했다. 교회에서 '지리산 미자립 교회 돕기' 봉사활동 자원을 받았다. 대학부에서도 신청을 받길래 나는 당장 신청했다. 완철이도 신청할 줄 알았다. 3박 4일간의 일정으로 지리산에 다녀오는 것이었는데 대학부에서는 네 명이 신청했다. 나랑 일면식도 없는 애들이었다. 교회에서 나랑 그나마 친하게 지내는 동기들은 다들 일정이 바빠서 망설이다 신청을 못 했다. 완철이도 아버지 회사를 도와야 해서 바쁘다고 했다. 봉사활동 신청자 명단을 보고 후회가 물밀듯 밀려왔다. 아는 사람이 한 사람도 없는 것이다. 3박 4일이나 지리산에 가서 봉사활동을 하는데, 목적이 봉사긴 하지만 아는 사람도 없고 어쩐담? 나의 무모한 용기에 스스로 박수를 보냈다. 무더운 여름 지리산 미자립 교회 봉사활동에 무사히 잘 다녀왔다. 이왕 하는 거 내가 할 수 있는 한 최선을 다해 봉사를 하고 왔다. 봉사를 마치고 집에 와서 난 집이 떠나가라 환호성을 질렀다. 봉사활동 하느라 삐삐를 놓고 갔었는데 완철이에게 음성메시지가 세 개나 와 있었다. 봉사 활동하느라 수고한다고 무더운 날씨에 건강히 잘 다녀오라는 내용의 메시지였다. '오~! 주님, 주님 보시기에 저랑 완철이의 교제가 좋은 거 맞으시지요?' 나는 너무 좋아서 눈물이 났다. 그리고 이후로 "안녕~"이라는 말 외에도 몇 가지 더 가벼운 일상적인 대화를 주고받는 사이가 되었다. 그러던 어느 날 학교에서 집으로 오는 길에 완철이를 만났다. 우리 둘은 같은 버스를 탔고 맨 뒷자리에 둘이 나란히 앉았다. 완철이는 내게 고민 상담이 있는데 혹시 들어 줄 수 있겠냐고 했다. 나는 얼른 말해보라고 했다.

"요즘 내가 좋아하는 애가 있는데 그 애는 마음이 어떤지 모르겠어. 내가 다가갔다가 그 애가 더 멀어지거나 싫어하면 어떡하지?"

'뭐야? 좋아하는 애가 있어? 그게 누구야? 혹시 나야? 아니면 ○○인가? 지금 나한테 다리 놔달라는 거야? 흥~ 뭐야 진짜?' 속으론 감정의 폭풍이 휘몰아치고 있었지만, 겉으로 아주 평온하고 고민을 진지하게 들어주는 척했다.

"음… 여자들은 좋다고 들이대는 남자애보다는 친절하게 다가가서 세심하게 챙겨주고 필요를 채워주면 감동하니까 너의 그 마음이 전달될 수 있도록 친절하게 다가가 봐. 선물을 사줘도 좋고. 너무 좋은 선물을 사주면 부담되니까 부담 없는 선물로 다가가면 더 좋겠지? 그럼 상대방도 눈치채게 될 거고 어떤 답신이 오지 않을까?"라고 나름 최선을 다해 상담을 해주었다.

"아~그렇구나. 고마워."

"고맙긴 뭘. (그런데 도대체 그 여자애가 누구야? 응? 혹시 나야? 아니면 내가 아는 애야? 누구냐고?)"

걸으론 온화하게 웃으며 대답했지만, 속으론 그 여자애가 누군지 궁금해서 미칠 지경이었다. 목적지에 도착해서 버스에서 우리 둘은 내렸다. 나는 집에 가고 완철이는 교회에 들른다고 했다. 헤어지기 전에 완철이가 가방에서 책을 꺼냈다. 『꿈꾸는 자가 오는도다』라는 기독 서적이었다.

"책 좋아해?"

"(아니) 응."

"이 책 엄마께서 사주신 건데 좋더라. 혹시 너도 읽어볼래?"

"오, 좋지, 고마워."

내게 책 선물은 별로 반가운 선물이 아니다. 나는 사실 독서를 안 좋아했다. 어쨌든 완철이가 빌려준 거니까 기쁘게 받아 들고는 와야겠지 싶어서 소중하게 안고 왔다. 고민에 잠겨 터벅터벅 걸어서 아파트 입구로 들어서는데 누가 뒤에서 부른다. 뒤돌아보니 완철이가 장미꽃 한 송이를 들고 서 있다.

"윤미야, 사실 그 좋아하는 애가 너야." 내 인생 첫사랑은
이렇게 시작되었다.

우리가 함께 만들어갈 세상

5

꿈은 이루어진다

"윤미야, 여자도 직업이 있어야 해. 너는 어릴 때부터 애들을 참 좋아했으니까, 교대를 가서 교사가 되는 것은 어때? 지금이라도 늦지 않았으니까 교대 입시를 준비해 봐. 형제자매들이 사는 환경이나 수준이 비슷해야 재미있어." 난 엄마가 이 말씀을 왜 하시는지 안다. 엄마는 갑자기 기운 가정형편 때문에 진학을 포기하고 일찍 취업전선에 뛰어 드셨다. 그래서 엄마만 진학을 못 한 대신 이모와 삼촌은 모두 원하는 만큼 진학을 하셨고, 어린 내 기준에서는 매우 대단해 보일만한 위치에 계셨다. 대기업에 근무하시는 작은이모부, 대기업 사장까지 승진한 큰이모부, 공기업에 다니시는 삼촌들. 어린 내 눈에도 외가 친척의 모임에서 삼촌들, 이모들은 무척이나 대단해 보였다. 일단 좋은 차를 타고 오셨고 사촌들도 무척 세련돼 보였다. 서울말 쓰는 약간은 깍쟁이 같은 느낌도 들었다. 난 사촌들을 살짝 우러러보기도 했던 것 같다. 외가 친척 모임 전에 엄마는 우리를 무척 신경 써서 옷 입혀주시고 머리 스타일도 예쁘게 해주신 기억이 난다. 나는 늘 바가지 머리 스타일이어서 머리를 묶을 수는 없었기에 단정하게 재킷이 있는, 약간 정장 느낌 나는 옷을 입었었다. 언젠가 한 번은 서울 큰이모 댁에 모였을 때 엄마께서 무척이나 속상해하셨던 기억이 있다. 주방에 엄마와 함께 들어갔는데 큰이모께서 냉장고에 있던 소고기를 유통기한이 지났다고 버리셨다. 꽤 비싼 소고기를 망설임 없이 버리신 모습에서 나와 엄마는 같은 생각을 했던 것 같다. '아깝다.'라고. 대기업, 공기업에 다니시는 삼촌들, 이모들, 이모부들과 세련되고 예쁜 그리고 멋있는 사촌들과 함께 식사하고 얘기 나누고 우리 다섯 식구는 기차를 타고 조치원으로 왔다. 조치원 학교 옆 관사에 도착한 엄마와 언니들, 나는 아빠의 숙면을 위해 찍소리 없이 조용히 잠들었다. 역시 시계 건전지를 빼놓은 고요한 밤을 만들었다. 그 밤에 엄마는 늦게까지 잠을 못 이루

섰다. 나도 유독 그날은 잠이 안 와서 늦게까지 깨어 있었다. 그날 나는 온몸으로 엄마의 속상함을 느낄 수 있었다. 내 나이가 아직 학교도 입학하지 않은 어린 나이였지만 엄마의 기분을 알 수 있었다.

난 결심했다. 교대에 들어가기로. 그래서 다니던 직장을 그만두고 수능 공부를 시작했다. 1년만 죽어라고 공부하면 교대에 입학할 수 있을 거로 생각하고 학원, 도서관, 집만을 오가며 독한 그리고 고독한 수험생활을 시작했다. 처음엔 공부했던 것들이 가물가물해서 끌어올리는 데 꽤 고생했다. 그런데 점차 성적이 올랐다. 성적이 오르니 더 공부할 재미가 났고 정말 이번 한 번으로 교대에 갈 수 있을 것 같았다. 사랑하는 나의 첫 조카(첫 조카에 대한 사랑은 정말 어마어마했다. 한밤중에 대전에서 인천으로 달려갈 정도로 사랑스러웠다.) 돌잔치도 참석하지 않고 공부에 매진했다. 다녀오면 마음이 흔들릴까 봐 나의 사회생활을 아예 접었던 것이다. 최선을 다해서 2004년 수능을 치렀고 결과는 아슬아슬하게 합격선 근처에서 불합격하고 말았다. 불합격을 맛보고 나와 엄마는 서로 "오늘 딱 하루만 울자."라고 말했다. 울고 나서 나는 다음날 도서관에 갔다. 이번에 합격선 근처였으니 내년에는 확실하게 들어가자는 생각으로 다시 시작했다. 엄마는 성인이 된 나의 수험생활 뒷바라지를 고3 현역 못지않게 정성껏 해주셨다. 매일 아침 정성껏 차려주시는 아침밥과 점심 도시락, 간식까지 제공받는 특권을 누렸다. 엄마는 내가 다시 공부할 결심을 한 게 무척이나 대견하고 기특하다고 좋아하셨다. 엄마께 수험생 뒷바라지를 또 시켜드리는 것이 너무 죄송했다. 하지만 교대에 들어가서 교사가 되는 꿈을 이루는 것이 효도라 여기고 차고도 넘치는 엄마의 뒷바라지를 절대 사양하지 않았다. 엄마의 응원과 격려를 오롯이 받으며 오직 공부에만 전념했다. 2005년 수능에서 나는 교대에 합격했다. 그때 엄마께서 흘리신 기쁨과 감사의 눈물이 지금도 선명한 이미지로 각인되어 있다. 내게 너무나 고생했다고 한참을 우셨다.

4년의 교육대학 과정을 수료하고 드디어 임용고시를 치르기 전, 응시지역을 정하는데 그해 유난히도 경쟁률이 높았다. 난 겁도 없이 서울을 지원했다. 부모님은 상대적으로 경쟁률이 낮은 지역을 응시하기를 원하셨으나 나는 무슨 똥배짱인지 그래도 서울을 밀어붙였고 1차에서 불합격을 했다. 그 당시 임용고시는 1차 객관식, 2차 주관식, 3차 실기 및 면접으로 구성되어 있었다. 스스로 한심해서 견딜 수가 없었다. 경쟁률이 높을 것을 뻔히 알면서 서울을 응시한 까닭이 뭐였을까? 서울에서 살고 싶어서 그랬나 보다. 나는 교대 다닐 때 결혼했고(그때 나의 첫사랑 완철이와) 남편은 서울에서 직장생활을 했기에 나는 서울에 가고 싶었다. 그저 가고 싶다는 마음만으로 실력과는 상관없이 응시한 것이다. 신중하지 못했음을 뒤늦게 후회하며 꽤 오랜 시간 힘들었다. 합격한 동기들이 발령이 난 것을 보며 한없이 무기력해지는 나 자신을 보는 게 싫어졌다. 그래도 어쩌랴. 교사 하려고 교대 왔으니 다시 임용고시에 도전해야지.

결혼했기에 임신도 계획해야 했다. 뒤늦은 만학도인지라 결혼이 늦어져서 임신계획도 늦어질 수밖에 없었다. 임용고시는 공부하지만 그렇다고 임신 계획을 미룰 수는 없을 것 같았다. 나에게는 자녀계획도 중요했기에 올해에 임용고시와 출산을 모두 성공하겠다는 야심 찬 목표를 가지고 임용 준비와 임신 준비를 함께 했다. 다들 하시는 말씀이 애를 낳고 나면 돌보느라 힘들지, 뱃속에 있을 때가 편하다라고 들 하시지 않던가. 내가 생각해도 그럴 것 같았다. 그래서 나는 남편 직장 근처에 집을 얻고 우리의 신혼살림을 본격적으로 시작했다. 아침에 남편 출근 후 나도 근처 대학교 도서관으로 갔고 임용고시 스터디를 구성해서 외롭지 않게 공부했다. 그때 나는 스터디 멤버들과 정말 열심히 공부했다. 식사 후 함께 운동도 하고 체력관리도 소홀히 하지 않았다. 6월쯤 나는 임신 사실을 알게 되었다. 와, 드디어 기다리던 임신을 하게 되어 나는 감격 속에서 더욱 열심히 공부하자고 다짐했다. 그런데 문제는 입덧이었다. 입덧이 심해서 도저히 음식이 넘어가지를 않는 것이다. 음식 냄새가 너무 싫었고 일단 밥 짓는 냄새를 맡을 수가 없어서 밥을 할 수가 없었다. 어찌하랴. 엄마께 구조요청을 했다. 엄마는 나의 '입덧 바라지'를 해주시겠다고 했다. 대전 친정으로 가게 되면서 남편과는 주말부부가 되었다. 공부할 책을 챙기니 트렁크에 꽉 찼다.

친정에서 나는 엄마의 극진한 입덧 바라지를 받게 되었다. 세 끼니마다 다른 반찬, 신선한 반찬, 내가 당기는 음식들로 엄마는 차려주셨다. 나는 면 요리가 먹고 싶어서 삼시세끼 제 각각 다른 면 요리를 먹기도 했다. 잔치국수, 냉면, 칼국수 이런 식으로 말이다. 그리고 자두가 당긴다는 나의 말에 엄마는 직접 농수산 시장에 가서 신선한 자두를 사다가 착즙주스를 만들어주셨다. 너무나 맛있었다. 이런 엄마의 사랑 덕분에 나의 심한 입덧 시기는 무사히 지나갔다. 나는 엄마께 농담 반 진담 반으로 "엄마, '입덧 바라지'라는 이름으로 음식점 차리면 대박 날 것 같아. 음식이 너무나 임산부 맞춤형인 거 있지~ 디저트로 자두주스는 정말 특허 내야 돼, 엄마."라고 말했다. 임신 4개월이 지나니까 태평성대로 들어섰다. 입덧도 지나가고 뭐든지 다 땡겼다. 특별히 싫은 음식도 없었다. 아침 7시에 도서관에 가서 거의 12시간을 공부하고 집에 왔다. 의사선생님께 수험생활의 루틴을 이야기하며 "아기한테 무리가 되지 않을까요?"라고 여쭤보니 "와~ 최고의 태교를 하고 계신대요!"라고 말씀하신다. 그땐 수험생을 위로하려고 하신 말씀 같았는데 자녀를 낳아보니 수험생활의 태교가

소름 돋게 놀라운 최고의 태교임을 알게 되었다. 첫째 딸 다현이는 돌 때 쯤 되어 책을 고르는데 임용고시 수험책자를 가장 좋아했고 글씨도 모르면서 수험서를 펼치고는 뭐라고 종알종알 읊조렸다. 그리고 어디선가 형광펜을 가져와 글씨 위에 칠하면서 또 종알종알 뭐라고 말한다. 임용고시 공부하는 모습을 그대로 재연하는 것이 놀랍고 신기했다. 집중력이 너무 좋아서 2시간 동안이나 미동도 없이 책을 읽고는 했다. 영화도 꼼지락거림 없이 2시간 동안 집중해서 볼 줄 알았다. 태교의 영향이 있는 것이 틀림없다. 다현이가 아직 뱃속에 있었을 때 임용고시를 공부하며 그 어느 때보다 치열하게 공부했기에 이번에는 반드시 합격할 수 있을 거라 믿어 의심치 않았다. 노력은 배신하지 않는다는 것이 내 신조이기도 했다. 그런데 그렇게 열심히 공부했지만 불합격이었다. 이때 실패의 경험은 지금까지 겪었던 실패의 최곳값을 경신했다. 너무 속상해서 얼마나 울었는지도 모르겠다. 내가 이렇게 속상한데 엄마는 얼마나 속상하셨을까? 나보다 엄마가 더 속상하셨을 거다. 엄마 역시 죽어라 공부만 하며 그 힘든 입덧의 시기에도 공부를 놓지 않고 노력하는 내 모습에 많은 감동을 하셨는데 또 불합격이라니! 자존감이 확 낮아졌다. 나 자신이 한심해서 견딜 수가 없었다. 그 당시 임용고시 경쟁률은 2:1을 조금 웃돌았다. 이렇게 열심히 공부하고 2:1의 경쟁률을 뚫지 못한 채 임용고시의 문턱에서 좌절하고 마는가? 한동안 마음 잡기 어려웠다. 너무 울면 뱃속의 아가에게 안 좋은 영향이 갈까 봐 더 이상 울지 않기로 다짐한 것은 3일이 지난 후였다. 2월에 출산 예정이다. 출산 후 아기를 돌봐야지 어떻게 공부할 수 있을까. 이제 여기에서 임용고시는 접어야 하는 걸까? 하더라도 나중에 아이를 키운 다음에 도전해야 하는 걸까? 생각이 많아진다. 에잇! 몰라 그만 생각하자. 한 일주일 간은 그냥 아무 생각 없이 놀았다. 엄마는 여전히 내게 맛있는 밥을 차려주시고 기운 내라고 특별히 맛있는 음식을 만들어주신다. 2월에 태어날 아기 생각만 하자고 하신다. '그래, 건강하게 막달 운동하며 순산하도록 관리 잘하자.' 그렇게 2월 다현이가 태어날 때까지 난 진로에 대한 고민을 잠시 내려놓고 오직 출산 준비만 했다. 매일 엄마와 산책하며 걷기운동으로 임신 막달을 관리했다. 임용고시에 대한 이야기는 나중으로 미루고 나는 엄마와 친구처럼 다정한 시간을 보냈다. 아직 사회생활을 하셨던 엄마는 아침에 출근하시면서 나의 식사를 정성껏 준비해 놓고 나가시고 집에 들어오실 때는 "윤미야~ 축봉아(태명)~" 부르시며 사 온 간식을 내게 건네주셨다. 서른이 넘은 막내딸을 위해 외출하고 돌아올 때면 항상 호두과자나 붕어빵, 풀빵 등의 간식을 챙겨주셨다. 먹거리 간식에 기분 좋아진 막내딸은 세상 행복한 표정으로 빵을 먹으며 엄마와 담소를 나눴다. 이때가 참 행복했다. 만삭의 몸으로 임용고시 3차 면접까지 치열하게 치르고 최종결과에서 불합격이라는 쓰디쓴 결과를 맛봤던 2009년의 겨울…. 그러나 집에서 엄마와 함께 정겹게 붕어빵, 커피를 마시며 소소한 일상의 담소를 나눌 수 있었기에 나는 행복할 수 있었다. 나를 믿어주고 사랑해 주는 가족이 옆에 있었기에 불합격의 결과쯤은 멀리 던져 내버릴 수 있었다.

2010년 2월 첫째를 출산했다. 갓난아기는 고구마처럼 생겼다고들 하는데 갓 태어난 아기가 정말 예뻤다. 출산했을 때 응애응애 울다가 내가 "축봉아~"라고 태명을 불렀더니 울음을 그치고 나를 찾으며 내 얼굴 쪽을 볼 때는 세상 그런 감동이 없었다. 드디어 '나도 엄마가 되었구나!' 하는 감격, 예전과는 또 다른 태도로 살아야겠다는 책임감의 무게가 더욱 느껴졌다. 첫째의 이름을 '다현'이라고 지어주고 나는 육아의 기쁨에 푹 빠져 살았다. 엄마가 옆에서 도와주셨기에 육아의 힘듦보다 기쁨을 더욱 발견했던 게 아닐까 싶다. 그리고 혼합수유를 해서 밤에 자기 전에 분유를 수유했는데 분유를 충분히 먹고 통잠을 잤기에 나는 새벽에 수유하기 위해 깰 일이 없었다. 다현이는 밤에 충분히 분유를 먹고 아침에 기분 좋게 일어나는 효녀였다. 하루하루가 참 행복했다. 하지만 내가 꼭 풀어야 할 숙제를 아직 제출 못 한 이 기분. 이 숙제를 꼭 풀어야 하는데 언제 제출할 수 있을까? 임용고시를 올해에 봐야 할 것 같다. 그나마 다현이가 돌이 되기 전에 엄마인 나를 그렇게 찾지 않을 시기에 임용고시를 제대로 준비할 수 있을 것 같았다.

"엄마, 나 공부 언제 시작할까?"

엄마는 내게 무언가를 결심하신 듯 말씀을 꺼낸다.

"윤미야, 네가 공부할 결심만 했다면 서울에 가서 공부해. 다현이는 내가 봐줄게! 아기가 옆에 있으면 어떻게 공부가 되겠어? 놀고 싶지. 이렇게 예쁜 데 같이 있고 싶지. 어떻게 공부에 집중할 수 있겠니? 엄마가 잘 봐줄 테니 걱정하지 말고 서울 가서 공부해."

나는 엄마의 어렵게 꺼낸 이 말씀이 얼마나 대단한 마음을 먹고 하신 것인지 내가 둘째를 혼자 힘으로 양육해 보니 깨달을 수 있었다. 난 엄마의 제안을 그 당시 덥석 받아들였다.

가장 먼저 할 일은 단유였다. 단유 마사지를 받으러 갔는데 마사지하시는 분께서 이렇게 모유가 잘 나오는데 너무 아깝다고 하셨다. 진짜 모유가 잘 나왔지만…. 공부하기로 마음먹은 이상 독해질 필요가 있었다. 다현이가 100일 되었을 때 나는 공부하러 서울로 갔다. 동생의 큰 결심을 둘째 언니는 전폭적으로 지지해 주면서 언니네 집에서 공부하라고 방도 내주었다. 나보다 3살 많은 둘째 언니도 어린 조카들을 키우며 복작거리며 살고 있었는데 내게 방까지 내어주며 나를 도와주었다. 그렇게 언니네 집에서 나의 임용 3수는 시작되었다. 낮에는 언니네 집 근처 도서관에 가서 아침부터 밤까지 공부하고 주말에는 노량진 학원에 가서 직강을 들었다.

현장에서 강의를 들으니 인터넷 강의를 들을 때랑 달랐다. 현장감이 느껴져서 더욱 긴장도 있게 공부했다. 핸드폰이 있으면 공부에 방해가 될 것 같아 핸드폰도 해지하고 급할 때만 연락하려고 전화만 되는 알뜰폰을 사용하며 공부했다. 나의 취약 부분이 무엇인지 철저하게 파악하며 매년 임용고시를 유형별로 정리하고 출제 분석을 해보니 임용고시의 흐름이 보였다. 서울에서 스터디그룹을 구성했고 여럿이 함께하는 스터디는 내게 큰 도움이 되었다. 그리고 나는 한 달에 한 번 다현이를 보러 대전에 내려갔다. 다현이 아빠는 매주 내려갔고 나는 공부하느라 자주 갈 수 없었다. 다현이는 보러 갈 때마다 쑥쑥 커져 있었다. 내가 현관문에서 "다현아~" 하고 부르면 다현이는 내가 엄마인 것을 아는지 환하게 웃으며 내 쪽으로 반갑게 왔다. 엄마께서는 "이야~ 네가 엄마인 걸 안다. 평소엔 내가 엄마인 줄 알고 있을 텐데." 하며 웃으신다. 엄마는 내게 다현이의 재롱을 한참 동안 이야기하신다. 엄마의 얘기와 다현이의 특급 재롱에 난 한 달에 한 번 주말마다 재충전하고 단단히 각오하며 서울로 향했다. 엄마는 다현이를 키우시는 지금의 시간이 인생에서 가장 행복한 시간이라고 하셨다. 엄마의 표정과 말투가, 그리고 분위기가 정말 진심으로 그러신 것 같아서 나는 기뻤고 감사했고 안도했다. 다현이도 너무나도 밝고 건강하고 예쁘게 크고 있어서 나는 기쁨과 감사함과 안도감만 느꼈을 뿐 엄마께 죄송함을 별로 느끼지 못했었다. 그런데 나중에 알았다. 엄마가 손녀 육아를 하시면서 육체적으로 얼마나 힘드셨는지. 교회 아는 집사님께서 "엄마가 목장 모임마다 손녀를 안고 오셔. 엄마 참 대단하셔. 나는 손주가 아무리 예뻐도 하루 봐주면 얼른 자기 집으로 가길 바라는데 말이야. 어떤 날은 손녀가 아파서 엄마가 아기를 눕히지도 못하고 계속 안고 있었어. 어찌나 지극정성으로 손녀를 돌보시는지… 엄마께 잘해. 알았지?" 아! 내게는 힘들다는 얘기를 한마디도 하지 않으셨던 엄마. 다현이가 아파서 병원 다녀온 얘기는 일절 안 하시고 예방접종 잘 맞히신 얘기, 영유아 건강 검진한 얘기 이런 것만 하셨었다. 이것이 엄마의 사랑인가. 이러한 엄마의 전폭적인 사랑과 헌신 속에 나는 다시 또 임용고시의 문을 두드렸고 3차 면접까지 최선을 다해 치렀다. 이번에는 누가 생각해도 합격이 아니겠는가. 정말 이번에는 합격일 수밖에 없다. 나처럼 독하게 공부하는 사람을 못 본 것 같다. 그러나 결과는 내가 얼마나 노력했는지, 내가 얼마나 독하게 했는지 평가하는 게 아니었다. 또 불합격이다. 불합격 소식을 알고 나중에 안 사실이지만 엄마는 큰언니와 통화하시면서 이렇게 말씀하셨다고 한다. "윤미는 내가 생각했던 것보다 좀 더 노력이 필요한가 봐." 사실 이것도 엄청 순하게 표현하신 거다. 나 같으면 너무 꼴도 보기 싫을 것 같다. 너무 미울 것 같다. 이 정도밖에 안 되는지 나쁜 말이 막 나갈 것 같다. 세 번째 임용고시 실패 후 나는 주변에서 이 말을 위로로 가장 많이 들었다. "아기 키우면서 가정 잘 돌보는 것이 지금 제일 중요한 일인가 보다." 나도 이제는 더 공부하고 싶지 않았다. 그래서 기간제 교사를 하거나 사립학교의 문을 두드려보거나 학원 강사를 하거나 여러 가지 진로 방안을 모색해 보기로 했다. 이제 더 이상 임용고시라는 것에 나의 시간을 투자하고 싶지 않았다.

 "윤미야, 네가 교사를 하려고 힘들게 교대에 들어갔는데… 임용고시 합격하기가 지금 바늘구멍 통과하듯이 힘들구나.

어떻게 했으면 좋겠니?" 나는 스스로가 너무 부족해 보이고 의기소침해 있었고, 설령 용기가 생겨서 공부하고 싶다고 해도 엄마께 다시 공부하겠다는 말을 차마 할 수 없었다. 그런데 엄마가 먼저 제안하신 것이다. "네가 교사를 하겠다고 그렇게 돌고 돌아 교대에 들어갔는데 교사의 꿈을 이뤄야 하지 않겠어? 너만 할 수 있다면 엄마가 다현이 이번에 한 번 더 봐줄 테니 공부하고 싶으면 해. 그런데 곧바로 하면 네가 너무 지치니까 좀 쉬었다가 7월쯤부터 하면 어떨까? 공부의 맥만 잡고 있다가 7월부터 본격적으로 해도 될 것 같긴 한데 말야." 아! 엄마는 나의 인생 멘토였다. 다현이는 할머니를 무척이나 따르고 좋아했다. 덕분에 나는 엄마의 제안을 죄송함과 감사함으로 받기로 했다. 마침, 7월 초까지 기간제 교사를 하게 되면서 순조롭게 공부 계획을 세울 수 있었다. 비록 짧게 구한 기간제 교사이긴 하지만 예쁜 옷을 입고 구두를 신고 화장을 하고 아침에 다현이에게 "엄마 다녀올게!"라고 인사하는 출근길이 참 새로웠다. 아침에 환하게 웃는 엄마와 다현이의 배웅을 받으며 출근하는 길. 두 사람 모두에게 미안한 감정을 안고 출근길에 오른다. 시간이 참 빠르다. 어느덧 무더운 여름이 되었다. 이제 본격적인 임용 공부를 위해 나는 또다시 서울로 가기로 결심했다. 다현이와 놀고 싶은 마음이 너무 커서 대전에 있으면 임용고시 준비를 제대로 못 할 것 같아 나는 또다시 독한 마음을 먹은 것이다. 엄마는 나의 결심을 적극 지지해 주셨다. 아무 걱정하지 말고, 공부에만 집중하라고…. 다현이는 엄마가 잘 돌볼 테니 걱정하지 말라고 하신다. 이런 것이 엄마의 사랑인가? 나도 이렇게 자녀를 아끼고 사랑할 수 있을까? 그해 임용고시에서 난 드디어 임용고시에 합격했다. 합격 소식을 듣고 얼마나 울었던지. 교사의 꿈을 드디어 이루었구나! 엄마가 아니었으면 접었을 나의 꿈, 교사. 엄마의 사랑 덕분에 꿈을 이룰 수 있었다.

2장

어느새
작은 날갯짓을 시작해요

이 세상에 태어나 우리가 경험하는 가장 멋진 일은
가족의 사랑을 배우는 것이다.

- 조지 맥도널드 -

$$1$$

사랑은 초콜릿 나무에 꽃피고

내가 전적으로 공부에 전념할 수 있었던 것은 엄마의 사랑 덕분이었다. 엄마는 다현이를 갓난아기 때부터 4살이 될 때까지 전담으로 키워주시면서 한 번도 다현이를 혼낸 적이 없으셨다. 항상 하시는 말씀이 다현이가 정말 훌륭한 아이라고 하시면서 다현이에 관한 얘기를 하실 때면 얼마나 행복한 표정이 되시던지.

하루는 다현이가 어린이집에 가기 싫다고 하자 엄마는 어린이집 가는 길에 보이는 나무에 ABC 초콜릿을 나뭇가지 사이사이에 걸어 놓으셨다. 그러고는 다현이에게 "어린이집 가는 길에 나무가 있잖아. 그 나무가 초콜릿 나무래. 우리 초콜릿 나무에 초콜릿 열매가 열렸나 안 열렸나 가볼까?" 어린 다현이는 잔뜩 기대에 찬 표정으로 할머니와 함께 신나게 집을 나선다. 물론 어린이집 가방을 메고서. 다현이는 초콜릿 나무에 열린 초콜릿 열매들을 기분 좋게 한 움큼 따고는 신나게 어린이집에 등원할 수 있었다. 신기하게도 대전의 어느 한 아파트 앞에는 초콜릿 열매가 열리는 신기한 나무가 있었다. 게다가 그 열매는 매일 매일 열리니 이보다 더 신기한 현상이 어디 있을까? 고마운 초콜릿 나무 덕분에 다현이에게 등원 길은 즐거운 길이 되었다. 엄마의 지혜는 도대체 어디에서 온 걸까? 아마도 그 지혜의 샘물은 사랑이었으리라. 나는 어린 다현이에게 하지 말아야 할 행동에 대해 간단하게 "하지 마."라고 말하고 이유를 설명하지 않았지만, 엄마께선 이유까지 꼭 설명하셨다. 때론 시간이 다소 걸리는 양육 방식이었으나 어린 손녀딸을 그저 어리다고 지시형으로 말하지 않고 인격적으로 대하신 엄마. 하지 말아야 할 행동에 대해서는 그 이유를 다현이의 눈높이에 맞춰 설명하신 엄마는 참 어질고 사랑이 넘치셨다.

사랑의 초콜릿이 꽃피는 나무

2

굿바이 주말부부, 굿바이 엄마 아빠!

첫 발령지는 천안이었다. 친정인 대전에서 KTX를 타고 출퇴근했다. 다현이는 어린이집에 다니기 시작했고 서울에서 근무하는 다현이 아빠는 금요일 퇴근을 대전으로 했다. 그렇게 주말부부를 하며 지내다가 큰언니의 핀잔을 듣게 되었다.

"이제 니네도 독립해야지, 언제까지 엄마가 사회생활도 참아가면서 손녀 키워주시기를 바라는 거야? 그리고 너무 오랫동안 주말부부 했어. 이제 너희도 독립된 가정을 꾸리렴… 엄마 힘드셔." 백번 지당한 말이다. 나는 너무 오랫동안 엄마의 도움을 받고 살았다. 그리고 남편과 너무 오랫동안 주말부부로 살았다. 나의 공부 뒷바라지는 남편도 함께 거들고 있었던 것이었다. 선뜻 결심이 서지 않았다. 내 직장은 천안이고 남편 직장은 서울인데 어떻게 어디에 살림을 합치지? 이런저런 고민을 거듭하다 일산에 19평 작은 아파트를 얻고 살림을 합치게 되었다.

대전에서 짐을 챙기고 이사 오는 날 잊을 수 없는 선명한 기억으로 남아있는 엄마의 말씀.

"윤미야, 엄마는 다현이 키울 때가 가장 행복했어."

'아! 엄마의 그 사랑이 지금의 저를 빚어가고 있어요.' 지금 내가 가지고 있는 높은 자존감과 감사함이 넘치는 이 삶은 어쩜 엄마의 그 사랑의 열매는 아닐까? 나중에 알게 된 사실이지만 우리가 이사간 후 엄마는 한동안 힘들어하셨다고 한다. 다현이가 쓰던 긴 사탕 베개를 안고 주무시면서 잠꼬대로 다현이의 이름을 부르시기도 하셨단다. 나도 한동안 엄마가 너무 그립고 보고프고 허전해서 적응 기간이 오래 걸렸다. 엄마가 너무 나 때문에 고생만 하신 것 같아서 더 편하시라고, 우리가 독립하는 게 엄마를 편하게 해드리는 거라고 판단했기 때문에 이사한 건데 엄마도 나도 독립한 생활에 적응 기간이 필요했다. 특히 난 한참 걸렸다.

이사를 하고 독립을 하니 본격적인 결혼생활과 육아가 비로소 시작되었다. 나는 직장을 1년 휴직하고 해본 적 없는 가사와 육아에 올인했다. 가사일이 이렇게 바쁘고 시간이 오래 걸리는 줄 몰랐다. 가사 노동이 엄청난 것임을 새롭게 배우는 시간이었다. 남편 출근하고 다현이 어린이집 등원시키고 집안일하고 시장보고 밥하고 매일 반복되는 쳇바퀴 같은 일상이 왜 이렇게 바쁘면서도 티는 하나도 안 나는지 짜증이 났다. 나는 열심히 일하는데 일한 게 전혀 드러나지 않는 게 의아할 정도였다. 그때 알았다. 아~ 살림이란 것이 이런 거구나. 열심히 해도 티는 안 나지만 열심히 안 하면 티가 확 나는 마법 같은 가사 노동. 살림에 재미를 붙여야 하는데 재미를 못 찾고 있었다. 끼니를 잘 못 챙겨 먹기 일쑤였다. 그러다 나의 구원투수 엄마가 한번 올라오시면 매직이 일어난다. 엄마가 지나간 자리는 정리정돈이 잘 되어 있고 빛이 난다. 맛있는 밥과 반찬까지 만들어져 있고 집안이 깔끔하다. 파리가 앉았다가 미끄러질 것 같다. 엄마가 올라오시면 집 근처 맛있는 식당을 찾아 점심을 먹었다. 엄마와 함께하는 시간이 정말 행복하고 좋았다. 그때 뭐가 그렇게 좋았었는지 엄마와 둘이 있으면서 하하호호 신나게 웃으며 수다를 떨었었다. 환하게 웃으며 셀카 찍던 그때를 사무치게 그리워할 시간이 바짝 다가오고 있음을 까맣게 모른 채.

3

갑작스러운 비보에 눈물은 마르지 않고

휴직하고 육아와 가사에 올인하면서 그사이 둘째가 태어
났다. 둘째 역시 엄마의 지극정성 입덧 바라지로 하루하루를
견뎠다. 엄마는 KTX를 타고 대전과 행신 사이를 오가시며
본가 아버지와 분가한 막내딸네를 두루 살피시며 그 사랑을
실천하셨다. 내가 둘째를 임신했을 때 입덧이 심한 나를 보
살펴주시기 위해 부득이 집에 며칠씩 와 계시곤 했었다. 엄
마는 나를 챙겨주시고 살림을 해주시느라 힘드셨을 텐데 표
정이 너무 편해 보이셨다. 이런 말씀을 아침에 하곤 하셨다.
"아~ 푹 잘 잤다." 대전에서는 아빠가 혹시나 깨실까 봐 조
심하느라 엄마도 주무실 때 늘 신경을 곤두서고 주무셨기 때
문이었다. 잠을 푹 못 잔다는 것이 얼마나 힘든 일이던가. 엄

마는 결혼해서 지금껏 예민한 아버지가 푹 주무시도록 늘 바짝 신경 쓰며 주무셨던 것이었다. 엄마의 그 세월이 얼마나 힘드셨을지는 나중에 내가 아버지를 집에서 모시게 되면서 조금이나마 알 수 있게 되었다.

2014년 5월 30일에 둘째를 순산하고 오롯이 진정한 육아의 세계를 경험해 보니 엄마가 첫째를 키워주신 것이 얼마나 위대한 사랑이었는지를 다시금 깨닫게 되었다. 정말 흉내 낼 수 없는 사랑이다. 둘째가 만 한 살이 되면서 어린이집에 보내고 복직 준비를 했다. 정식 출근 전에 출근 상황을 시뮬레이션을 해봤는데 아침 시간이 너무 바빴다. 그래도 바쁜 거야 나 하나만 좀 더 부지런해지면 해결할 수 있는데 주변에서 말씀하시길 아기가 아프기라도 할 때면 그것처럼 난감할 때가 없다고 하셨다. 당장 어린이집이 아니면 맡길 곳이 없기 때문에 가장 큰 걱정이었다. 영유아때는 수족구나 감기 같은 것이 흔한 질병이어서 툭하면 걸리곤 하기 때문이다. 시댁도 멀리 있었고 엄마께는 더 이상 도움을 요청하는 것이 너무 죄송해서 이미 괜찮다고 큰소리 뻥뻥 쳐놓은 상태라 혼자 속으로 끙끙 앓았다. 엄마는 내가 거짓말을 해도 다 아시나 보다. 내가 괜찮다고 큰소리 뻥뻥 친 것이 거짓말인 줄 아셨나 보다. 엄마는 아빠를 잘 설득해서 우리 집 근처로 이사를 오시겠다고 하셨다. 아빠는 엄마의 간곡한 설득 끝에 우리집 근처로 이사하시겠다고 마음먹으신 것이다. 아! 엄마가 곁에 오신다니…. 너무 좋아서 눈물이 흐른다. 이제 걱정 끝! 발걸음이 한층 가볍다. 엄마는 둘째를 돌봐주시기 위하여 체력을 충전하신다며 운동을 엄청 열심히 하셨다. 매일 공원을 조깅하고 한의원도 다니시면서 체력을 보충하셨다. 나는 이미 출근하고 있었고 엄마는 곧 올라갈 테니 걱정하지 말라고 한 그때…. 몸은 너무 바빴지만 올라와 주실 엄마를 기다리며 행복했고 교사로서의 꿈을 펼쳐가며 행복하기 그지없는 시간이었다. 바쁜 거 빼고는 모든 것이 괜찮았다.

2015년 10월 15일. 공개수업 준비를 한다고 자정이 넘어서까지 잠 못 들고 수업 시연을 하던 밤이었다. 갑자기 전화벨이 울린다. 큰언니 번호다. 이 밤에 웬 전화인가 싶어서 전화를 받았는데 말이 없더니 갑자기 오열한다. 지금 빨리 충남

대학교병원으로 오라고 한다. 엄마가 쓰러지셨다고…. 지금 중환자실에 계신다고. 심장이 고장 난 것처럼 쿵쿵거리며 빨리 뛴다. 손이 떨린다. 전화를 받고 남편과 그 길로, 대전으로 내려갔다. 위급상황이기에 시어머니께 SOS를 요청하고 아이들을 맡겼다. 대전으로 오는 길 내내 처음엔 숨이 잘 안 쉬어질 만큼 힘들었다가 나중에는 '엄마는 괜찮겠지. 괜찮으실 거야. 엄마가 어떤 분이신데.' 이런 생각으로 나도 모르게 조금은 진정이 되었다. 워낙 오뚝이처럼 살아오셨기에 이번 위기를 잘 이겨내고 괜찮으실 거라는 생각이 들었다. 그렇게 마음을 진정시키고 충남대학교병원 수술실 앞에 가족들이 모두 모여서 수술이 잘 끝나기를 간절히 기도하고 있었다. 오랜 시간 끝에 수술을 마친 의사를 만났다. 의사는 내가 알아들을 수 없는 말만 했다. '경막하 뇌출혈'로 예후가 안 좋은 경우였다. 엄마는 집에 혼자 계실 때 거실에서 쓰러지셨다고 한다. 아빠는 외출 후 밤 11시가 되어서야 들어오셨고 아빠가 엄마를 발견하고 119에 신고했을 때는 이미 골든타임을 놓친 때라고 한다. 의사는 수술해도 의미가 없을 거라고 했지만 아빠는 의사에게 제발 생명을 건질 수 있도록 수술해달라고 애원하셨고 이때 엄마의 나이가 68세로 비교적 젊은 나이에 속하셨기 때문에 의사는 가족 동의를 거쳐 수술을 했던 것이다. 수술을 무사히 마친 후 엄마는 생명을 건지셨으나 의사는 믿을 수 없는 소견을 전달하고 있었다. 가족으로서 듣기 힘든 말이었다. 엄마가 깨어나시기 어려울 것 같다고 하지를 않나… 깨어나시더라도 사지마비로 의사소통을 할 수 없을 거라는 고통스러운 말을 했다. 그야말로 청천벽력이었다. 나는 울면서 언니에게 소리쳤다. "언니, 저 의사가 지금 뭐라는 거야?" 우리 자녀들은 지푸라기라도 잡는 심정으로 희망적인 질문을 하면 주치의는 계속 힘들 거라는 대답을 했다. 눈물범벅이 되어 주치의에게 물어본 말, "선생님, 그래도 기적이란 게 있잖아요. 엄마가 깨어나실 수 있을 거라고 저희는 믿어요." 그리고 돌아온 답변. "기적요? 네, 뭐….." 주치의의 말투는 너무 차가웠고 건조했다. 내 인생에서 터닝포인트가 되는 것들은 많았다. 대학 졸업, 교대 준비, 결혼, 임용고시, 출산 등 인생의 방향을 바꿔주는 중요한 터닝포인트가 참 많았는데 엄마의 쓰러지심은 전혀 예상치 못한 내 인생의 제2막이었다. 그렇게 찾아온 비극적인 상황에 내 삶은 전혀 다른 방향으로 바뀌었다. 나를 바라보던 나 중심적 시야에서 엄마를 바라보고 엄마 입장에서 전적으로 생각하게 되는 시야로. 그렇게 갑자기 찾아온 비통한 소식에 눈물은 마르지 않고 내 볼을 타고 흘러내렸다. 엄마가 쓰러지신 날 새벽에 간호사가 건네준 엄마의 옷을 가슴에 안고 하염없이 울었다. 잔잔한 꽃무늬 실내복…. 9년이 지난 지금도 내 옷장 서랍에 보관하고 있다.

마르지 않는 눈물

4

계속 가지고 있고 싶은 엄마표 반찬

　엄마가 쓰러지시기 직전에 택배로 보내주신 반찬을 물끄러미 바라보다 울음이 터졌다. 음식 솜씨가 좋으신 엄마는 갖가지 반찬을 정성껏 만들어서 꼼꼼하게 포장한 후 택배로 보내주시곤 하셨다. 불과 쓰러지시기 며칠 전에도 반찬을 바리바리 해서는 과일 박스에 차곡차곡 담아서 튼튼하게 포장해 보내주셨다. 그 반찬들을 다 열어보기도 전에 엄마가 쓰러지셨고 나는 그 반찬들을 차마 먹을 수가 없어서 냉동실에 얼려놓았다. 엄마가 이렇게 반찬들을 또 언제 해주실 수 있으실까, 이 손맛을 언제 또 맛볼 수가 있을까 싶어서 보내주신 반찬들을 먹을 수가 없었다. 그때 얼려놓았던 반찬은 2022년 이사하기 전까지 7년 동안 보관했다. 이사하면서도 버릴 생각이 없었는데 이삿짐센터 직원분들과 제대로 소통이 안 돼서 실수로 버리게 된 것 같다. 이사 오고 나서 대전에서 보내주신 반찬들이 없어진 것을 알고 얼마나 허전하고 속상했는지 모른다.

2015년 10월 엄마가 쓰러지신 이후로 판단을 중지한 것 같다. 그 어떤 생각도 하지 않기로 했다. 엄마 생각밖에 안 나니…. 그냥 단순하게 반복되는 바쁜 일상에 나를 던져버렸다. 사는 게 사는 것 같지 않다는 말이 무슨 느낌인지 알 수 있었다. 처음 느꼈다. 밥알이 모래알 같다는 것을. 정말 모래알을 씹는 것 같아서 삼키기가 힘들었다. 나에게서 기쁨이 멈추었다. 그냥 시간이 정지된 것 같았다. 직장에 상황을 말한 후 휴가를 쓰게 되었다. 엄마는 의식 없이 중환자실에 누워 계시는데 나는 아무렇지 않게 일상생활을 유지할 수가 없었다. 행신에서 대전으로 가는 KTX가 있었기에 매일 아침 나는 주현이를 어린이집에 맡기고 아침 일찍 KTX를 타고 엄마가 계신 충남대학교 병원으로 향했다. 중환자실에 계신 엄마를 뵙는 시간은 고작 10분 정도. 그 시간 엄마께 속삭이듯 사랑의 고백을 하고 다시 일산으로 오면 오후 5시 정도가 되어 첫째와 둘째를 어린이집에서 데리고 왔다. 비록 짧게 뵙고 오는 시간이지만 엄마가 외롭지 않도록 사랑과 감사의 고백을 하고 오는 그 10분은 내겐 천금과도 같은 시간이었다. 그렇게 가을 10월 15일 이후부터 그해 겨울까지 일산에서 대전까지 매일 오가는 생활을 했다. 병원으로 향하는 내 발걸음 자체가 내겐 간절한 기도였다. 이런 갑작스러운 일에 대처하는 매뉴얼이 없었기에 처음엔 그저 눈물이 마를 날 없었다. 2015년 10월은 내겐 가장 추운 시간이다. 바로 앞에 전기히터를 틀어놓고 앉아 있어도 너무 추웠다.

2015년 12월, 가장 춥던 그때

5

눈물을 닦게 해준 어부바

사는 게 무엇인지 모르겠다고 느꼈다. 삶과 죽음이 종이 한 장 차이 같음을 깨달았다. 갑자기 우울감이 밀려왔다. 둘째 딸 주현이가 어부바를 해달라고 포대기를 갖고 온다. 주현이를 업고 베란다에서 노래를 불러주고 있을 때 주현이의 따뜻한 온기가 내게 전달이 된다. 따뜻하다. 갑자기 내 마음이 따뜻해지기 시작한다. 내 등에 업혀 온전히 나를 의지하고 있는 두 살배기 딸. 나를 꼭 붙들고 있는 조그만 두 손. 내 마음을 지켜야겠다는 생각이 문득 들었다. 주현이를 업고 다짐을 했다. 마음이 약해져서는 절대 안 되는 상황임을 나의 본능이 알아차렸나 보다. 나는 성격이 상당히 허용적이고 포용적인 편이라서 웬만한 일에는 '절대'라는 표현을 쓰지 않았지만 지금, 이 상황에서는 절대 지켜야 하는 것이 바로 나의 마음인 것을 깨달았다. 투병 중이신 엄마, 엄마를 곁에서 지키지 못함에 자책과 후회로 힘들어하시는 아빠, 그리고 나의 돌봄의 손길이 필요한 어린 두 자녀. 나의 마음을 절대 지켜야 할 이유였다. 내 마음에 기쁨은 없었지만 기뻐하는 척했다. 기뻐하는 척하다 보면 이상하게도 기쁠 때가 있었다. 기쁜 척 연기를 했더니 진짜 기뻐지다니 신기하구나!

예전에 들었던 헨리 포세트 이야기가 정말 사실이구나 하는 생각이 들었다. 그 이야기를 잠깐 빌려오자면, 옛날 명석한 두뇌로 촉망받던 영국의 청년이 있었다. 어느 날 아버지와 함께 나간 사냥에서 그만 총기사고로 인해 양쪽 눈을 실명하게 된다. 자신의 실수로 아들이 실명했다는 죄책감에 아버지는 비탄과 절망에 빠졌으나 그런 아버지를 위로하려 아들은 일부러 우울과 힘든 마음을 숨기고 애써 밝은 척 연기했다. 절망한 모습을 보이지 않기 위해 늘 큰소리로 웃고 떠들며 부지런히 무엇인가를 했고 활기차게 행동했다. 그러자 그에게 놀라운 일이 일어났다. 기쁜 척 연기했던 내면에 진짜로 열정이 생기고 잊고 있던 꿈에 대한 의욕이 샘솟듯 일어난 것이다. 결국, 그는 훗날 영국에서 경제학자이자 국회의원이 되었고 체신부 장관까지 지냈다.

모든 지킬 만한 것 중에 더욱 네 마음을 지키라.
생명의 근원이 이에서 남이니라.
- 잠언 4장 23절 -

내 마음을 내가 붙잡을 수 있는 것이 아님을 알고는 안방 문에 잠언 말씀을 붙여놓고 볼 때마다 마음을 지킬 수 있도록 간절함을 담아 기도했다.

약해진 마음을 강하게 붙잡게 해준 자녀들

6

다현아, 엄마가 잘 돌볼게!

대전집에 혼자 계시던 아빠는 엄마를 지키지 못했다는 죄책감과 우울한 마음으로 너무 힘들어하셨고 혼자 계시면 안 되는 상황이 되었다. 아빠를 모시고 와야 할 것 같았다. 남편에게 조심스럽게 의견을 얘기하자 남편은 당장 아버지를 모셔 오자고 한다. 이렇게 착한 사람이 어디 있나. 언니들과 한참을 상의 끝에 아버지를 우리 집에서 모시기로 했다. 언니들은 막내인 내가 아버지를 모신다고 하니 많이 미안해했다. 언니들이 모신다고 했지만 나는 안다. 모실 형편이 안 된다는 것을. 일단 큰언니의 자녀들은 사춘기에 접어든 청소년이 된 남매이다. 남매가 한방을 쓸 수는 없는 노릇 아닌가. 그렇다고 다 큰 자녀와 부부가 한방을 쓸 수 있는 것도 아니고.

둘째 언니네는 아들이 3형제인데 3형제가 한방을 쓰기는 어려우니 가장 좋은 방법은 아직 애들이 어린 우리 집이었다. 마침, 19평 아파트에서 32평 아파트로 이사를 해서 방이 세 개였기에 안방에서 우리 부부와 주현이, 그리고 큰 딸 다현이 방, 그리고 방 하나를 아빠 방으로 꾸몄다. 아빠는 처음에는 오시지 않겠다고 했으나 다현 아빠가 눈물을 흘리며 아버님 혼자 계시면 안 된다고 해서 설득 끝에 아버지를 모시고 올라왔다. 내가 천사와 결혼했구나 싶었다. 처음 호기롭게 아빠를 모셔 오던 때와는 달리 아빠를 모시고 사는 생활은 힘에 부쳤다. 내 삶에 번아웃이 올 것 같았다.

사실 가장 힘든 것은 아빠께서 지독한 불면증이 있으셨기에 아빠가 주무시는 시간이 되면 집안이 고요해야 한다는 것이었다. 난 애들이 조금이라도 시끄럽게 할까 봐 조심시키며 빨리 자라고 다그쳤고 밤늦게 남편이 퇴근하고 집에 와도 아빠가 깨실까 봐 반갑게 맞이해주지를 못하고 발뒤꿈치를 들고 다녀야 했다. 아빠가 잠을 제대로 못 주무시면 너무나 힘겨워하셨기 때문에 아빠가 잠을 잘 주무시는지 혹시 깨시지는 않는지 체크했다. 그러다 보니 내가 신경이 예민해졌다. 아침에 주현이를 어린이집에 데려다주는 길에 주현이가 코피가 나서 등원 길을 잠시 멈추었다. 그런데 내가 코피가 나는 주현이를 혼내고 있는 것이 아닌가. 수면 부족과 바쁜 아침 일상에 나는 이상하게 변해 있었다. 어느 날 아침 주현이를 등원시키고 출근하려는 길에 주현이가 빠른 내 걸음을 따라오지 못해 넘어졌다. 그런 주현이를 나는 또 혼내고 있었다. '아! 내가 지금 이상하다. 많이 힘들구나.' 주현이는 울었고 나도 울고 말았다. 힘에 부친다는 것이 이런 것이구나 싶었다. 하루는 아버지가 집에 귀가하지 않으셔서 찾으러 돌아다녔다. 이때 유치원에 다니던 다현이는 혼자 집에 있었다. 아버지는 집에 계시기에 답답하셔서 밖을 산책하고 계셨던 것이다. 아버지를 찾았고 핸드폰도 없이 밖에 나가시지 말라고 한참을 짜증 내며 함께 집에 왔는데 집에 다현이가 없었다. 이사 온 지 얼마 안 되었기 때문에 갈 만한 곳도 없는데 도대체 얘가 어디 있는 건가 싶어서 눈앞이 노래지기 시작했다. 다현이 이름을 부르며 정신 나간 듯 집 주변을 찾아 헤맸다. 머리가 하얘졌다. 동동거리며 다현이 이름을 부르고 있을 때 큰언니가 다현이를 찾았다. 집에 아무도 없으니 혼자 있던 다현이가 엄마를 찾아 밖에 나왔던 것이다. 이모 손을 잡고 오는 다현이를 발견하고는 달려가 다현이를 안고 한참을 울었다. "다현아! 미안해. 엄마가 잘 돌볼게." 그렇게 한참을 울었다. 내가 힘들어하는 것을 알고 언니들의 솔루션이 제공되었다. 가사도우미 이모님을 지원해 주었다. 숨통이 트이는 것 같았다. 사실 언니들은 병원비를 갹출하고 있었고 아직 경제적 자립이 어려운 막내인 나는 병원비를 지원하지는 못했었다. 아…! 사방팔방에 미안해진다. 아직 의식이 깨어나지 못하신 엄마께 죄송하고 아빠께도 짜증 내서 죄송하고 다현, 주현이를 잘 못 돌보는 것 같아 미안했다. 바쁜 남편에게는 집이 평안한 안정적인 쉼터가 안 되는 것 같아 미안하고 병원비를 보태기는커녕 가사도우미 이모님까지 제공받고 있으니, 언니들에게 미안하고…. 사방팔방에 다 미안해지는 한없이 초라해지는 나 자신이다. 이런 와중에도 직장에 근무할 때는 모든 외부의 힘듦을 차단하고 오직 직장 일에만 전념했다. 내 마음에 감정의 방문이 잘 닫히고 여러 개의 감정이 건강히 작동하고 있는 것 같아 감사했다. 잠시 이 감정의 방문을 닫고 다른 감정의 방으로 들어가자고 하면 잘 따라와 주는 내 자신이 참 고마웠다. 나의 직장이 있고 바쁜 게 참 감사한 시간이었다.

주현이 어린이집 운동회에서, 아버지와

3장

마음껏 자유롭게
하늘을 날아요

기적은 그것을 믿는 사람들에게 일어난다.

- 버나드 베렌슨 -

조금씩 다가온 기적, 엄마의 회복

가망이 없다던 의사의 말은 그의 경험상으로 가망이 없다는 것이지 정말 엄마가 일어날 가망이 없는 것은 아니었다. 의사의 예상과는 달리 엄마는 8개월 만에 의식을 찾으셨다. 어느 날 근무 중에 큰언니에게 연락이 왔다. "엄마가 깨어나셨대! 엄마가 의사의 지시를 듣고 가위, 바위, 보를 하셨다는구나. 흑흑… 윤미야. 엄마가 깨어나셨어." 그동안 눈도 뜨지 못하시고 그저 누워만 계시던 8개월의 시간. 그간의 마음속 고통을 어찌 이루 말할 수 있을까. 엄마는 의사의 지시를 듣고 손으로 가위 표시, 보자기 표시, 바위 표시를 하셨다고 한다. 재활병원에서도 매우 기뻐해 주셨고 우리 가족이야 더 말할 나위가 없었다. 가위, 바위, 보가 이렇게 중요한 의미가 있는 것일 줄이야. 본격적으로 엄마에게 정서적 지지가 필요할 것 같아서 충남대학교 재활병원에 계시던 엄마를 자녀들이 거주하는 곳 의정부 근처 재활병원으로 모시고 왔다. 자녀들 곁에서 엄마의 투병 생활이 시작되었다. 엄마께 감사와 사랑을 전해드릴 수 있는 시간이 훨씬 많이 주어져 행복했다. 동시에 엄마의 투병 생활이 너무나 힘드신 것을 가까이에서 지켜보니 가슴이 아팠다. 가슴 시리게 아픈 감정과 함께 있어 행복한 감정이 공존하는 그런 시간을 보내며 예배, 말씀, 기도로 불평보다 감사의 비중을 높여가며 견뎌냈다. 엄마는 예배드리는 것을 참 좋아하셨기에 대답하시기 어려운 조건에서도 최선을 다해 '아멘'이라고 하셨고 그럴 때마다 언니들과 나는 더욱 가슴이 뜨거워졌다. '지금 내가 보지 못하는 것을 엄마는 보고 계시리라. 내가 알 수 없는 것을 엄마는 알고 계시리라!' 병상 예배를 드리시며 그 힘든 투병 과정 중에도 '아멘'이라고 화답하시는 엄마. 자녀들을 애틋한 눈빛으로 지그시 바라보시는 엄마. 많은 말씀을 하시고픈 그 눈빛. 말씀을 못 하시지만 엄마의 엄청난 사랑의 기운이 느껴진다. 그런 엄마께 내가 할 수 있는 것은 내게 주어진 모든 것을, 최선을 다해 잘 관리하고 잘 사는 것이라는 생각이 들었다. 아파트에만 관리사무소가 있는 것이 아니다. 내 마음에도 관리사무소가 있다.

　엄마가 온 정성을 다해 잘 키워 주셨는데, 내가 못 할 게 무엇이랴 싶어서, 나는 정말 나 자신에게 많은 기회를 주며 열심히 살기 시작했다. 내 삶에 많은 기회를 주며 하고 싶은 것을 배우기 시작한 것은 아이러니하게도 엄마의 투병 생활 중이었다. 직장 일을 마치고 아이들 양육에, 병원에 계신 엄마를 뵙고 오는 것이 내 삶의 루틴이었다. 여기에 나 자신에게 배움의 기회를 선물했다. 기타, 플루트, 베이스, 탁구, 영어 회화, 필라테스를 시작했고 시간표를 촘촘하게 짰다. 아이들 학원 가는 시간에 내가 배우고 싶은 것들도 넣어서 늦은 나이에 학교에 갓 입학한 학생처럼 재미있게 배워나갔다. 항상 교단에서 배움의 지식 전달을 하던 내가 학생이 되어 배우고 있었다. 엄마께 면회 하러 가서 조잘조잘 이것저것 얘기하며 이야기보따리들을 풀어 놓는 것 또한 나의 일과 중 아주 중요한 루틴이었다. 매우 어설픈 실력으로 용기 내어 엄마께 기타 연주를 들려드리기도 했다. 언젠가는 수준급 연주로 엄마 귀 호강시켜 드리겠다는 약속을 하면서 말이다.

퇴근 후 엄마와 함께

엄마는 비록 투병 중이셨지만 언니들과 나, 세 자매는 더욱 똘똘 뭉쳤다. 주말이면 엄마께 와서 손주들과 함께 엄마를 모시고 산책하는 루틴이 추가되었다. 가끔 엄마 앞에서 세 자매는 어린아이처럼 깔깔거리기도 하고 엄마께 어리광을 피우기도 했다. 그때마다 엄마는 아주 활짝 웃어주셨다. 엄마의 그 웃음에 우린 산책하는 공원에서 다 같이 하하호호 웃었다. 엄마가 곁에 계셔서 행복한 시간이었다. 그런 행복함과 동시에 누군가 툭 치면 왈칵 눈물이 쏟아질 것만 같은 감정도 늘 장전되어 있었다. 큰언니는 엄마께 일상적인 얘기를 하다가도 갑자기 펑펑 울기도 하고 엄마와 병상 예배를 드리다가도 갑자기 흐느낄 때가 참 많았다.

엄마와 함께 산책

이제는 내가 사는 것이 아니요

엄마를 뵐 때 항상 들려드린 말씀이다. 비록 내 뜻대로 할 수 있는 몸이 아닐지라도 그러한 육체 가운데 사는 것은 엄마를 사랑하셔서 자신의 몸을 버리신 예수님을 바라보고 믿음으로써 이 고난을 이겨나가자고 들려드린 말씀이다. 사람의 몸으로 이 땅에 와서 고난받으시고 우리를 대신하여 죗값을 치러주신 예수님 덕분에 우리는 영원한 생명을 얻었다는 이 놀라운 사실을 엄마께 전해드릴 때면 내 안에서 무언가 뜨거운 것이 솟아난다. 눈에 보이는 것이 전부가 아니기에 세상은 잠깐이요, 현재의 삶 너머에 영원한 것이 있으니, 그것을 사모하며 지금 할 수 있는 것의 최선을 다하며 현재의 삶을 기대하자고 말씀드리다 보면 어느새 엄마께 하는 말씀이 곧 나 자신의 신앙고백이 되기도 했다.

이 세상은 잠시 소풍 온 것과도 같은 삶이니 너무 아등바등 살지 말고, 너그럽게 살되 주어진 순간마다 최선을 다해서 후회가 남지 않도록 선물 받은 현재의 삶을 살자고 나에게도 다짐을 해본다. 현재의 삶 너머를 바라볼 줄 아는 안목으로 살자고 말이다. 현재의 삶이 결코 전부가 아니기에 그래서 항상 기뻐하려고 노력할 수 있었다. 때론 알쏭달쏭한 삶이지만 한 가지 확신할 수 있는 것은 현재 나에게 최선을 다하며 살아가야 한다는 것이다.

찬양하라 내 영혼아 찬양하라 내 영혼아
내 속에 있는 것들아 다 찬양하라

엄마께 자주 들려드린 찬양의 가사이다. 난 믿는다. 하나님을 찬양하는 것은 나의 입술뿐만이 아니라 내 존재 자체라는 것을. 나의 존재, 나의 모든 것, 내 몸의 온 세포들도 하나님을 찬양한다고 믿어 의심치 않는다. 엄마께선 비록 찬양을 우리가 들을 수 있게 부르실 수는 없지만 엄마의 존재, 엄마의 모든 것이 하나님을 찬양하고 있다는 것을 알고 있다. 기도와 찬양 이후 항상 엄마는 힘주어 "아멘"이라고 하셨다. 겨우 들릴까 말까 한 작은 목소리지만 엄마가 얼마나 힘을 주어 발음하셨는지 가족들 모두 알고 있다.

'엄마를 지으신 하나님, 찬양합니다. 엄마 속에 하나님을 찬양하는 마음을 채워주셔서 감사합니다. 엄마의 마음속에 하나님을 원망하는 마음이 조금도 틈타지 않도록 그 마음을 지켜주소서. 저희 마음도 지켜주소서. 하나님을 절대적으로 신뢰합니다. 하나님은 항상 옳으십니다. 믿음의 눈으로 살아가게 해주소서.' 일상에서 믿음의 눈으로 보았을 때 얼마나 감사한 것이 많은지, 엄마의 회복을 통해 이전에는 몰랐던 것들을 많이 깨달았다.

2

이 세상 가장 귀한 생일 선물

학교에서 내 생일이라고 케이크를 선물로 주셨다. 과일이 얹어져 있는 하얀 생크림 케이크.

엄마가 참 좋아하셨던 케이크가 바로 생크림 케이크였다. 난 살찐다고 생크림을 걷어내서 먹고 엄마는 생크림이 맛있으시다며 생크림이 많은 쪽을 드시곤 했다. 케이크를 보고 있노라니 엄마와의 추억이 바로 어제 있었던 일처럼 떠오른다. 생크림 케이크를 들고 퇴근길에 엄마께 들렀다. 비록 음식 맛을 보실 수는 없지만 간병하는 이모와 병실 식구들 드릴 겸, 그리고 가장 중요한 목적은 엄마께 생일 감사 인사를 전하기 위해서이다. 엄마께 가자마자 어리광을 부리듯 엄마 볼에 내 볼을 비비며 "엄마, 윤미 왔어요. 오늘도 잘 지내셨어요~?" 하자 엄마 표정이 좋다. 침대 경사를 올리고 엄마를 앉혀 드린 다음 오늘의 수다를 시작한다. "엄마, 오늘 학교에서 케이크 선물로 받았어요. 오늘이 무슨 날이게요? 4월 26일! 엄마, 오늘은 무슨 날인지 아세요~? 이렇게 화사하고 따뜻한 봄날… 만물이 피어나는 봄날이라고 엄마가 되게 좋아하셨던 날. 오늘이 무슨 날일까요? 응?" 엄마께 어떤 대답을 기대한 건 아니었다. 평소 엄마와 대화하는 방법은 눈빛과 눈 깜빡임과 손에 힘주는 것이었기에 이번에도 나를 보시는 따뜻한 눈빛만을 기대하며 엄마를 바라보고 있었다. 그런데 기적이 일어났다. 갑자기.

"윤미… 생일… 추우카… 해애." 믿을 수가 없었다. 엄마가 말씀하시다니, 그리고 내 생일을 기억하시다니! 아무 말도 할 수 없었다. 이게 꿈인가 생시인가? 그대로 가만히 몇 초간 멈추어 있다가 엄마를 붙잡고 펑펑 울었다. 간병 이모와 병실 이모들도 덩달아 놀라시며 난리를 피워주신다. 어떤 이모는 진짜냐고 잘못 들은 거 아니냐고 한다. 그도 그럴 것이 엄마께서 이렇게 문장으로 말씀하신 건 처음이었다. 그 이후로 엄마의 그렇게 긴 대답을 들을 수는 없었지만, 난 그때만 생각하면 지금도 가슴이 벅차다. 엄마는 표현을 못 하실 뿐 다 기억하고 계신다는 것을 알게 된 그날, 의학적으로 설명할 수 없는 기적이 간절함이 있는 곳에 일어나고 있음을 직접 경험한 날이었다. 의사는 엄마가 지금 이 정도이신 것이 기적이라고 했다. 이렇게 의사소통한다는 것이 신기할 뿐이라고 했다. 무슨 설명이 더 필요하랴. 그것은 은혜였다. 그날 엄마께 받은 생일 축하 인사는 내게 가장 귀하고 벅찬 선물이었다. 의사도 설명할 수 없는 이 세상 특효약, 그건 바로 사랑 아닐까?

내 생일 이후로 그렇게 길게 말씀하시는 것을 또다시 들을 수는 없었으나 엄마는 짧게나마 우리 이름을 불러주셨고 예배 후 "아멘"이라는 응답과 간단한 대답 정도는 해주셨다. 그리고 표정으로 많은 말씀을 하셨다. 비록 엄마의 육체가 자유롭지 않아 침상에 누워계시는 생활을 했지만 모든 기념일, 모든 가족 행사를 엄마와 공유하며 엄마가 우리 가족구성원으로서 여전히 중요한 비중을 차지함을 더욱 신경 써서 일깨워 드리고자 했다. 엄마가 계시기에 우리가 있으므로 그 사실을 잊지 않게 해드리고 싶었다.

윤미 생일 축하해!

가장 귀한 생일 선물

3

이 또한 지나가리라

자칫 힘들 수도 있는 엄마의 투병 기간동안 난 넘치는 열정으로 엄마 곁을 지켜드릴 수 있었다. 엄마께 가기만 하면 나의 목소리는 세상 가장 부드럽고 온화한 말투가 되어 존경심과 사랑을 표현해 드렸다. 내가 가장 긴장하며 받는 전화는 모르는 번호와 병원 전화, 간병 이모의 전화였다. 엄마께 무슨 일이 있나 싶어서이다. 별일이 아님을 확인하고는 안도의 한숨을 내쉬곤 했던 그 시간.

그러나 그중에는 정말 위급한 일이 생겨 전화가 올 때도 있었다. 엄마께서 원인을 알 수 없는 고열로 힘들어하고 있다는 연락을 받고는 부랴부랴 병원으로 달려갔다. 큰 병원에 가봐야 한다는 재활병원 의사의 소견서를 챙겨 전원하신 것이 몇 번 된다. 가장 고생하셨던 것은 담석 제거 시술이었다. 3차 병원인 성모병원에 입원하셔서 검사받은 결과 담석이 있음을 알게 되었다. 일반적으로는 수술을 해야 하는데 엄마의 컨디션이 수술할 상황이 안돼서 수술이 아닌 시술로 담도에 있는 찌꺼기를 빼내기로 했다. 시술 과정은 엄마 본인이나 지켜보는 가족이나 너무나 힘들었다. 힘든 것을 말하자면 어떻게 일일이 나열할 수 있을까….

어떻게든 엄마가 회복하실 수 있도록 최선을 다해서 모든 의료적 상황을 제공하려 했다. 엄마가 중환자실에 계셔서 뵐 수 없을 때는 병원 건물 밖에서 중환자실을 향해 언니와 함께 무릎을 꿇고 간절히 기도하며 하나님의 뜻을 구한 적도 있었다. 추운 겨울인지라 손발이 꽁꽁 어는 것 같았지만 중환자실에서 사투를 벌일 엄마를 생각하면 기도를 멈출 수가 없었다. 몇 번의 위기가 닥쳐왔을 때도 엄마와 가족들은 위기를 잘 이겨냈고 엄마는 회복하셔서 다시 재활병원으로 오셨다. 이런 과정을 몇 번 겪고 나니 나중에는 당장 코앞의 상황에 일희일비하지 말자는 굳은살이 박였다. 힘든 것은 반드시 지나가기 마련이다. "이 또한 지나가리라." 지혜의 왕 솔

로몬이 말한 이 구절이 큰 위로가 되었다. 어느 날 뉘엿뉘엿 지는 해를 바라보고 있노라니 마음에 소망이 싹튼다. 저녁의 노을과 아침의 노을은 비슷하다. 오늘 지는 해를 바라보며 내일 떠오를 해를 기대하게 된다.

  엄마의 투병 생활과 지켜보는 가족의 힘듦. 그러나 터널에 도 반드시 끝이 있듯 고난 끝에 빛이 있음을 믿으며 엄마께 항상 할 수 있는 최선을 다하리라 다짐했다. 누군가는 엄마 가 재활병원에 계시며 1인 간병사를 쓰는 것이 무슨 소용이 있냐고도 하며 요양원으로 모시는 것은 어떻겠냐고 제안한 다. 가족들을 생각해서 한 말이긴 했지만, 그 말이 왜 그렇게 서운하게 들리던지. 요양원도 어느 정도 의사소통되시고 거 동을 할 수 있어야 가능한 곳이다. 엄마처럼 사지마비인 분 들을 요양원으로 모시면 누가 엄마를 전담해서 돌봐드릴 것 인가? 물론 경제적으로 여건이 안 된다면 할 수 없이 정말 눈 물을 머금고 그럴 수밖에 없을 것이다. 그러나 부모님 대전 집을 팔았기 때문에 병원비와 간병비는 당장 걱정하지 않아 도 되었다. 그 돈을 다 쓰고 나면 어쩔 것이냐에 대한 질문에 나와 언니들은 미리 걱정하지 않기로 했다. 한 치 앞도 모르는 인생인데 어떻게 향후 2~3년 뒤의 일을 미리 걱정하란 말인가. 평생 자신의 삶은 제쳐두고 오직 가족을 위해 헌신한 엄마께 할 수 있는 한 최선을 다하고 싶었다. 언니들은 부모님 집을 판 돈으로만 병원비, 간병비를 모두 쓰고 싶지 않다고 엄마의 투병 초창기부터 보탠 병원비를 여전히 각출해서 보탰다. 나는 병원비를 보태기 어려웠지만 아버지를 모심으로써 내가 감당할 수 있는 일을 해내고 있다.

힘들 때마다 떠올린 말씀

$$4$$

내 마음의 풍요로움

나는 참 사랑받는 엄마다. 둘째 주현이는 어린 나이에도 불구하고 나를 어쩜 이렇게 챙길까?

잘 때 이불을 덮어주는 것과 사랑한다고 쪽지 쓰는 것하며, 나랑 남편과 언쟁이 있거나 누군가 나의 고칠 점을 지적할 때도 꼭 내 편을 들어준다. 라면을 끓여줘도 엄마는 요리를 왜 이렇게 잘하냐고, 내가 하는 요리는 다 맛있다고 하는 착한 딸.

좀 아까는 거울 보면서 "거울아, 거울아! 세상에서 누가 젤 예쁘니?"라고 물어본다. 거울이 답하듯 작은 목소리로 이어지는 대답, "김윤미~!" 곧이어 두 번째 질문이 이어진다. "거울아, 거울아~세상에서 누가 젤 착하니?" 이어지는 대답은

"김윤미~!" 어찌나 귀엽던지. 그러고는 곧이어 나한테도 퀴즈를 낸다.

"세상에서 가장 맛있는 음식은~?"

"음, 글쎄…잡채? 아니면 비빔밥?"

"헤헷~ 세상에서 가장 맛있는 음식은 엄마가 해주는 음식~ 다!" 고마움이 물밀듯 밀려온다.

한번은 이런 적도 있었다. 집을 이사하기 전날이었는데 짐을 대충 정리하고 몸이 너무 고된 바람에 할 일을 남겨두고 잠들어 버렸다. 새벽 2시쯤인가? 거실에서 부스럭거리는 소리가 들려서 나가보니 주현이가 안방과 거실을 청소해 놓은 것이다. 안방, 거실에 있던 테이블과 수납장을 당근마켓으로 팔아서 그 짐을 다 내놨기 때문에 난장판이었는데 그걸 싹~ 정리해 놓은 것이다.

"주현아~! 이걸 혼자 다 정리한 거야?"

주현이는 입을 씰룩씰룩하며 쑥스러운 듯 웃는다.

"엄마, 피곤하잖아."

그때가 주현이 2학년 때였는데 자신보다 더 큰 물건도 낑낑

거리며 옮기고 어른도 정리하기 어려운 많은 물건을 종류대로 잘 정리해 놓았다. 주현이는 나를 참 많이 챙겨준다. 그 나이 또래 아이들이 생각하기 힘든 부분까지 챙겨준다. 얼마나 큰 위로가 되며, 얼마나 내 마음이 풍요로워졌는지 모른다.

그때의 일기를 잠깐 빌려와 지면에 옮겨본다.

2023. 6. 18. 주일

나를 사랑하는 주현이. 내가 조금만 어디가 아프다고 해도 주현이는 많이 걱정을 해준다. 진심으로 걱정하는 게 느껴진다. 내가 기침을 연달아 하면 울먹거리기까지 한다. 어젠 차 타고 오면서 내가 아프다고 하니까 걱정스러운 표정으로 하는 말, "엄마~내 허락 없이 아프지 마!"

어젯밤엔 너무 피곤해서 집에 오자마자 침대 끝에서 자니까 침대 안쪽으로 오라더니, 내가 그냥 자니까 조금 후 뭘 가져와 옆에서 사부작 사부작 거린다. 알고 보니 이불과 쿠션을 바닥에 펴고 있었다. 내가 자다가 침대 밑으로 떨어져 다칠까 봐 그런 것이다. 감동을 주는 주현아. 진심으로 나를 걱정하고 사랑을 실천해 줘서 고맙고 사랑해.

주현이는 어릴 때부터 나를 위하는 마음이 남달랐다. 한번은 친척분이 오셔서 설거짓거리가 쌓여있는 것을 보시고 "아유~ 왜 이렇게 설거지가 쌓여있어. 이게 뭐야." 그러자 그 말을 듣고 아직 어린이집에 다니던 어린 주현이는 이렇게 말했다고 한다. "우리 엄마가 얼마나 바쁜지 아세요? 아빠는 새벽에 출근해서 새벽에 들어오시고 엄마는 학교에 출근하고 우리들 밥도 챙겨줘야 하는데 엄마가 목도 아프고 얼마나 힘든지 아세요~? 엄마가 진짜 바쁜데 아프기까지 하고 힘들어요. 엄마가 얼마나 하는 일이 많다구요." 이 이야기를 직접 친척분이 해주시면서 주현이가 조목조목 하는 말을 듣고 배꼽 빠지게 웃으시고는 주현이에게 "알았다, 알았어. 미안해~"라고 말씀하셨단다.

한때 엄마가 쓰러지시고 난 후 엄마의 무조건적인 사랑의 부재를 느끼며 공허함이 든 적이 있었다. 그런데 주현이가 나를 무조건 아끼고 사랑하는 것이 느껴진다. 사랑받고 있음이 느껴져 퍽 위로가 된다.

그때의 일기를 들여다보니 그때 받은 감동이 생생하게 다시 또 내 마음에 채워지는 듯하다.

주현이는 내가 실수로 어디에 부딪혀서 "아!" 그러면 동시에 "괜찮아?"라고 물어보며 달려온다. 하루는 피곤해서 초저녁에 잠이 들었다. 잠에서 깨고 보니 침대에 포스트잇이 붙여져 있다. 아이스크림이 잘 안 따져서 따달라는 요청을 포스트잇에 써놓고 내가 잠이 깰 때까지 기다린 것이다. 침대 밑에 낙상 방지용 쿠션들이 날 보호하고 있고 말이다.

주현이의 쪽지

    나처럼 부족한 사람에게 예쁘고 착한 딸들을 주심에 감사 드린다. 사춘기에 접어든 다현이에게 혹시라도 서운한 마음이 들지 않게 조심하려고 노력 중이다. 다현이는 뭐든 알아서 척척 잘하고 어른에게 예의 바르게 잘 성장하고 있다. 내가 바쁘다 보니 다현이도 어린데 종종 다현이에게 많은 것을 의지하거나 믿고 맡길 때가 많다. 다현이에 대한 나의 양육 방식은 자녀에 대한 훈육이나 지시보다는 큰딸로서 내가 믿고 의지하며 자율적으로 알아서 결정하도록 키운 방식이었다. 다현이는 큰딸로서 든든한 기둥 역할을 잘 해준 것 같다.

다현이는 정말 100점 만점에 200점이다. 주변에서 내가 엄청나게 뭘 많이 시키고 특별한 교육을 하는 줄 알 정도로 다현이는 다재다능했다. 리더십이 뛰어나서 누구 하나 서운하게 하는 법 없이 모든 친구를 잘 아우르는 퍽 괜찮은 능력을 갖고 있었다. 그렇기에 압도적인 지지율로 전교 회장에 당선될 만큼 많은 친구의 신뢰를 받았다. 자신의 장점이 많음에도 자신보다 타인의 장점을 찾아 칭찬해 주고 높여줄 줄 아는 좋은 성품을 지닌 다현이. 내가 바쁘다 보니 엄마의 부재를 제법 느꼈을 법도 한데 한 번도 나를 힘들게 한 적이 없었다. 그저 늘 바쁜 엄마를 이해해 주었고 반찬 투정 한번 안 하며 밥에 김만 줘도 밥 한 공기 뚝딱 비우며 감사 인사를 전하는 예쁜 마음씨를 지닌 딸들이다.

바쁜 나머지 저녁 끼니를 종종 "라밥"으로 해결할 때가 있었는데 애들은 라밥 메뉴를 무슨 치킨이나 피자 시켜 먹는 것보다 더 환호성을 지르며 좋아했다. 라밥은 라면과 밥을 줄여서 라밥이라고 칭했다. 입맛 까다롭지 않은 애들에게 그저 미안하고 고마울 따름이다. 아빠도 반찬 타박을 전혀 하지 않으셨다. 아빠는 김치 한 가지만 있어도 식사를 잘 하셨다. 식사를 마치시고는 "잘 먹었다. 고맙다."라는 말씀을 꼭 하셨다. 주말이면 큰언니가 아버지를 모시고 갔는데 주말마다 제대로 된 밥상을 받으시고 다시 주중엔 우리 집에서 단출한 식사를 하시곤 했다. 남편은 회사 일이 바쁘다 보니 식사를 밖에서 거의 해결하고 왔기 때문에 나는 집에서 요리할 일이 별로 없었다. 이렇게 부족한데도 나를 많이 사랑해 주는 가족들이 있어 내 마음이 풍요롭고 힘든 시기를 이겨낼 수 있었다.

하루에도 몇 개씩

배달되는 주현이의 사랑 고백

새해를 맞이한

- 엄마·아빠께 [2024. 12. 31 (화) - 첫째딸 다현 올림]
※ 그림 죄송합니다 ㅎ

　　엄마 아빠, 전 우리집 둘째 다현이입니다 ♡♡ 매년 이렇게 편지 쓰는데 ○○때마다 항상 좋아해주셔서 감사해요 ㅎㅎ 앞으로도 생신일때나 학교에서 뭘할때 앞으로도 많이 쓸게요!! 저는 우리가족이 너무 좋아요 우리집에서 태어나보면 친구들도 분명 부러워할겁니다. ㅎㅎ
초등학교 2학년때 감사 편지 쓴게 엊그제 같은데 벌써 중2가 끝나가요 시간이 꽤 이리 빠른걸까요. 벌써 재밌는 추억 더 만들어요. 학교에서 편지 쓰라고 했을땐 쓸 거 없다고 싫어했는데 쓸 내용이 생각보다 많아서 큰일없어요 ㅋㅋ 몇년전까지만 해도 크리스마스날 일어나면 산타할아버지 선물을 받고 좋아했고, 대전집, 할면집, 강율아이파크, 센트럴 자이까지 변한 것도 많고 같이 한 추억도 점점 쌓여가요. 어른이 되면 담아나 더 행복한 기억들이 쌓일지 기대돼요. 부족한거 없이 이렇게 이쁘게 키워주셔서 감사해요. 저도 엄마아빠 같은 부모님이 되고 싶어요. 항상 사랑하고 제가 표현 안해도 진짜 사랑하는거 알죠?

다현이의 편지

어른이라고 해서 어린이보다 더 나은 것도 없다. 그저 먼저 태어났기에 길을 안내할 수는 있을지언정 그 마음이 더 성숙하거나 풍성한 건 아니라고 생각한다. 나의 공허했던 마음을 풍요롭게 채워준 자녀들. 자녀들의 그 사랑을 받고 앞으로 나갈 수 있는 추진력을 얻었다. 자녀들이 믿고 따라올 수 있도록 나를 사랑하는 그 마음에 실망을 주지 않도록 더 노력해야겠다.

4장

고난을 뚫고,
더 힘차게 비상해요

역경에 부딪쳐서 극복해 본 적이 없는 사람은
자기 자신의 참된 능력을 알지 못한다.

- 벤 존슨 -

$$1$$

간병일지: 아빠 사랑해요

　이 지면을 빌어 부모님을 향한 나의 마음이 오롯이 담겨 있는 일기의 일부를 옮겨보고자 한다. 이 일기를 썼던 때가 심적으로 가장 많이 성숙할 수 있었고 그동안 갈고 닦아온 깜냥으로 고난을 정면 돌파를 할 수 있었던 시간이었다.

　2022. 9. 8. 금요일

　엄마 간병을 하러 병원에 왔다. 간병할 때 먹으려고 간식을 바리바리 싸 왔다. 엄마는 이 시간을 어떻게 이겨내고 계신 걸까? 나는 맛있는 간식을 먹으며 맛의 즐거움을 느끼는데 엄마는 평소에 어떻게 견뎌내고 계실까?

　그저 버텨내고 계신 걸까? 엄마 생각을 하면 난 삶에 대해 더 진지하게 고민하게 된다. 나를 이 세상에서 가장 아껴주고 사랑한 엄마가 쓰러지신 후 와상환자가 되신 것은 분명 커다란 슬픔이고 정서적 고통이긴 하나 여기에서 하나님의 뜻을 찾고 절대적으로 선하신 하나님을 신뢰해야만 한다. 눈에 보이는 것이 전부가 아님을 믿기에 고난 속에서 하나님을 원망하거나 아프신 엄마께 불평하거나 함부로 대하는 죄를 짓지 말아야지 다짐하고 또 다짐한다. 간병할 때 비록 육체적으로 힘이 달리면 땀이 비 오듯 하고 힘이 들어 어찌할 바를 몰라 괴로움에 공경하는 마음이 작아지고 속상함에 흠뻑 젖어 불평불만을 하게 될 때가 있다. 그런데 오늘 옆에 계신 환자분과 보호자 딸을 보고 너무 놀라웠다. 어머니를 대하는 태도가 공손함으로 늘 한결같고 나의 입장과 많이 비슷해 보였다. 다른 점은 그 환자분은 말씀을 하실 수 있어서 딸과 대화를 주고받는다는 것이었다. 그 환자분과 딸과의 대화가 너무 부러웠다. 나도 엄마의 목소리가 너무 듣고 싶다. 그러나 엄마는 눈빛으로 이미 말씀하고 계신다. 나는 정서의 뇌가 있다고 믿는다. 의학적인 판단까지도 넘어설 수 있는 정서의 뇌가 있어서 가족의 사랑을 받으면 활성화되는 정서의 뇌를 믿는다. 영혼이 존재하는 인간이니까 분명 그럴 것이다.

하나님께 그렇게 기도했었다. '우리 딸들이 절대 포기하지 않는 믿음으로 반응하오니 주님이시여, 엄마를 통해 역사해 주시고 영광 받아주시옵소서!'라고 말이다. 이 기도를 계속해야겠다. 우리 자녀를 향한 엄마의 그 위대한 사랑, 그 부지런함, 그 성실함은 반드시 우리가 기억하며 영원히 감사해야 할 것이다. 엄마의 영과 육을 위해 더욱 기도하며 엄마를 위해 최선을 다해 매 순간을 살아가자. 비록 엄마의 육적 상태가 남의 손을 빌려 간병을 받아야 하고 자유롭게 움직이실 수 있는 상태가 아니시지만 엄마는 존귀한 예배자이시다. 내일은 간병하며 더욱 엄마 귀에 대고 더 많이 수다 떨고 얘기해야겠다. "엄마, 사랑해요."라고 말이다.

2022. 12. 2. 금요일

아버지를 모시고 큰언니랑 함께 제주도에 왔다. 왠지 아빠의 건강이 예전 같지 않아서 다소 무리가 되긴 했지만, 아버지께 좋은 경치를 보여드리고 싶었다. 뷰가 좋기로 소문이

난 카페에 모시고 갔다. 제주도 함덕에서 좋은 경치를 보고 있노라니 눈물이 났다. 왜 진작에 부모님을 모시고 이렇게 여행을 다니지 못했을까 하는 후회가 밀려와 마음이 먹먹해졌다. 빵과 차를 맛있게 드시는 아빠를 보고 있으려니 힘들긴 하지만 모시고 오기 잘했다는 생각이 든다. '아빠 건강하세요. 또 모시고 여행 올게요.' 아빠를 모시고 노래방에 갔는데 아빠는 서유석의 〈가는 세월〉을 부르셨다. 이 노래는 예전에도 들어봤는데 오늘 아빠가 부르시는 모습에서 왠지 눈물이 핑 돈다. 이 노래가 이처럼 인생을 담은 노래였나 싶다.

가는 세월 그 누구가 잡을 수가 있나요
(중략)
아가들이 자라나서 어른이 되듯이
슬픔과 행복 속에 우리도 변했구려

행복한 미운오리새끼

제주도에서 아버지와 함께

2023. 1. 18. 수요일

아빠에게 기적이 일어났다.

아빠에게 종종 찾아왔던 불청객, 불면증이 사라지고 아빠는 몰라보게 건강해지셨다. 위태롭던 걸음걸이도 너무 좋고 건강하게 두 발로 뚜벅뚜벅 걸으셨다. 무릎이 떨리지 않고 꼿꼿이 서 계시니 키도 더 커지셨다. 내가 여태껏 보아왔던 아버지의 모습 중 가장 건강한 모습이다. 아빠와 함께 교회에 갔더니 아는 지인분께서 아빠를 뵙고 눈물을 흘리신다. 건강하게 걷는 아빠의 모습이 너무나 감격스럽다고. 그렇게 울어주셔서 너무나 감사했다.

어떻게 이런 기적이 일어났는지 모르겠다. 흡인성 폐렴을 앓으셔서 응급실에 있다 일반병실에서 며칠 입원해 계셨다. 이때 잠깐 섭식장애가 와서 도무지 식사를 못하시고 콧줄을 끼워야 하나 말아야 하는 상황에서 큰언니가 아버지를 간병했고 큰언니가 곁에서 아빠를 지극정성으로 간병하자 그제야 아버지는 식사하시기 시작했다. 그리고 그 이후로 아빠께는 기적이 찾아왔다.

아빠께 찾아온 기적

2023. 3. 30. 목요일

주님! 아빠께 온전한 회복을 주옵소서.

아빠의 봄이 이렇게도 짧았다면 너무 잔혹한 것 같습니다.

아빠께 평안한 노년의 삶을 허락해 주옵소서.

오, 주여!

제 마음을 지키게 해주소서.

3월 30일에 위와 같은 일기를 쓴 까닭은 아빠의 건강이 다시 안 좋아지셨기 때문이었다. 불청객 불면증이 다시 찾아왔고 아빠는 혼자 나가서서 늦게까지 안 들어오시기도 했다. 너무 걱정되어 언니와 함께 혼비백산 아빠를 찾으러 다녔다. 걷는 것도 힘드신 분이 어디를 혼자 다니신단 말인가. 아빠 마음에 우울감이 깃든 것은 아닌지 걱정이 되었다.

2023. 5. 7. 주일

내일부터 21일 금식기도에 들어간다. 부모님의 거취에 대해 21일 동안 저녁을 금식하며 기도에 힘써 주님의 뜻을 구할 것이다. 이번에 엄마 간병을 하면서 공통으로 우리 세 자매에게 부모님의 거취에 대한 생각이 모인 것이 있었다. 바로 집을 얻어드리는 것이다. 요양보호사를 고용하고 두 분을 집에서 모시자고 의견이 나왔다. 엄마께 자주 가 뵙고 싶은 마음이 강하게 들었고 언제든지 갈 때마다 엄마의 따뜻한 온기를 느끼며 엄마와 얘기하고 싶기 때문이었다. 늘 사랑을 주기만 하셨던 엄마. 이제는 엄마를 집에서 모시고 싶다. 엄마, 아빠의 정서를 위해서라도 두 분을 집에서 모시고 싶다. 집은 나와 큰언니 집 근처에 얻고 자주 가 뵈면 될 것 같다. 부모님을 돌봐드릴 입주 요양보호사 면접을 먼저 봐야 한다. 제발 좋은 분 만날 수 있기를!

2023. 5. 8. 월요일

21일 작정 금식기도 첫날이었다. 5시부터 저녁 금식을 시작했다. 너무 배고파서 좀 힘들었다. 그런데 이보다 더 중요한 일이 어디 있으랴 싶어서 더 간절해진다. 부모님께 집을 얻어드리고 집에서 모시는 일이 절대 쉽지만은 않을 것이다. 힘들긴 하겠지만 더 행복할 수 있다고 생각된다. 그러나 사람이 길을 계획할지라도 인도하시는 분은 하나님이시니 기도에 집중하며 하나님의 뜻을 구해야겠다.

　2023. 5. 11. 목요일

　배가 고파서 밤에 평소보다 일찍 잠을 청한다. 배가 고프니 엄마가 더 생각나고 간절해진다. 사람에게 식욕이 이렇게 중요한 것인데 엄마는 음식 맛을 못 보신지 만 8년째다. 쓰러지시고 난 후 줄곧 경관식을 튜브를 통해 제공받고 계시다. 아! 금식기도를 하니 더욱 엄마 생각이 많이 납니다.

　2023. 5. 27. 토요일

　TV 보다가 눈물 나는 멘트가 나온다.

　"한세대의 희생이 있어야 다음 세대가 고생을 안 한다." 어느 노부부가 한 고백이다. 또 엄마 생각이 나서 가슴이 짠해진다. 우리 셋 키우고 공부시키느라 고생하신 엄마. 평생 남편의 그늘 밑에서 쉬어본 적 없고 아빠 건강 챙기시기에 바쁘셨던 엄마. 아빠께서 좀 더 건강하셨다면 그 고생이 덜하셨을 텐데. 오히려 시집살이까지 고되셨으니 그 마음이 어떠하셨을는지. 엄마! 엄마의 그 헌신과 사랑으로 저희가 이렇

게 잘 자랐어요. 감사합니다. 그리고 아빠, 아빠도 약한 몸이
시지만 그 누구보다 성실하셔서 37년간 공직 생활하신 것,
감사합니다.

아빠는 누나가 셋인 독자셨으며 할아버지께서는 아빠가
태어나시기 전에 돌아가셨다. 그러니 아빠는 할머니와 고모
들의 과잉보호 속에서 애지중지 자라셨다. 엄마는 할머니와
고모들의 핍박 속에서 아빠의 건강을 잘 챙겨야 하는 역할을
하셔야 했고 어쩌다 엄마가 아빠를 두고 하루라도 집을 비울
때면 어떻게 남편을 혼자 집에 두고 집을 비울 수가 있냐며
불호령이 내려졌다. 곁에서 그런 상황들을 지켜보고도 엄마
를 지켜드리지 못했던 점이 떠올라 너무 죄송했다. 내가 만
약 좀 더 기 센 사람이었다면 아무리 할머니, 고모라고 하더
라도 엄마를 힘들게 하지 말라고 따질 수 있었을 텐데 엄마
를 지켜드리지 못해서 죄송한 마음은 내 가슴속에 돌덩이처
럼 남아있는 것 같다.

2023. 9. 21. 목요일

　동두천 한의원에서 목 통증 치료를 마치고 집으로 오는 길에 자동차에 차량 이상 감지 신호가 긴박하게 들어왔다. 경고등이 떴고 경고음이 계속 울렸다. 타이어에 문제가 생긴 것이다. 외곽순환도로였고 차가 쌩쌩 달리는 곳인지라 너무 위험했고 긴박했으나 감사하게도 덕계역 쪽으로 빠져나오는 도로에 비교적 갓길(갓길이라고 하기엔 너무 좁았으나 그런 공간이 있어서 일단 비상등을 키고 차를 댈 수는 있었다.)을 발견했다. 차를 비상 주차하고 삼각대를 세우고 트렁크를 열어 문제가 생겼음을 뒤차들에 인지시켰다. 타이어가 펑크난 것 같다. 보험사에 전화를 하고 긴급출동서비스를 기다리고 있는데 길 오른쪽 하늘을 보니 너무나 경이로웠다. 경외심과 두려움이 들고 삶과 죽음에 대해 진지하게 생각해 볼 만큼.

우연히 바라보게 하신

경이로운 하늘 사진

그런 구름과 하늘의 모습을 보고 인생을 생각하며 죽음 이후를 생각해 본건 분명 우연이 아닌 하나님의 신호였다는 생각이 (지금 와서 보니) 강하게 든다. 그때가 어머니께서 소천하기 15일 전이었다.

2

간병일지: 엄마 곁에는 언제나 내가

2023. 9. 22. 금요일

엄마가 계신 공동 간병인 실에 면회하러 갔다. 엄마는 눈을 크게 뜨시고 여기저기 둘러보셨고 손도 많이 움직이셨다. 의식이 하도 또렷하셔서 깜짝 놀랐다. 아프신 분 같지 않게 고개도 너무나 자유롭게 움직이시며 사방을 둘러보셨다. 조금 두렵기까지 했다. 어쩜 이렇게 또렷하실 수가 있지? 발도 경련이 약간 있었다. 엄마 옆에 너무 있고 싶었으나 그럴 수 없었다. 공동 간병인 실이니까. 엄마를 병원에 두고 금요일 목장 예배를 하러 가는데 심장이 쿵쾅거렸다. 두려운 마음이 들기도 하고 계속 엄마 옆에 있고 싶은 마음뿐이었다. 공동 간병인 실에 분명히 덴탈마스크를 사드렸건만 너무 꽉 끼는

KF94 소형 마스크를 씌워드리지를 않나. 어휴~ 마음이 안 놓였다. 약국에서 다시 덴탈마스크를 사서 간호 데스크에 전달하며 엄마께 빨리 건네드릴 것을 신신당부했다. 공동 간병인이 엄마를 간병하기는 벅차 보인다. 엄마를 지켜드려야 하는데 어찌하나? 경제적인 요인 때문에 1인 간병 시스템에서 공동 간병인 실로 모셨는데 아무래도 공동 간병은 아닌 것 같다. 엄마의 인지가 무척이나 또렷해 보이셨기에 이럴 때 곁에서 더욱 정서적인 지지를 해드려야 할 것 같은데 어찌하면 좋을까? 아! 이 애타는 마음을 누가 알까.

2023. 9. 25. 월요일

엄마에게 폐렴기가 있다고 해서 내가 간병을 들어가기로 했다. 마침, 내가 경추에 통증이 심해 정형외과와 한의원에 치료를 받는 중이었고 집중 치료를 위해 병가를 낸 상태였기 때문에 바로 간병에 투입될 수 있었다. 엄마 간병을 하기로 결정하고 며칠 집을 비울 것을 감안해서 집 안 청소 좀 해놓고 가느라 저녁에 늦게 갔다. 7시쯤 도착했는데 공동 간병인 실의 간호사와 공동 간병인이 너무 엉터리 같다. 베드가 고장 나서 바퀴가 굴러가지도 않는데 억지로 사람들이 베드를 밀었다. 산소발생기 기계의 코드는 뽑아놓고 말이다. 베드는 밀리지 않아 시간이 지체되었다. 사람들이 여러 명 붙어 힘으로 베드를 밀어서 803호까지 왔다. 우여곡절 끝에 오긴 왔으나 휴대용 산소발생기를 하지 않고 온 것에 대해서 8층 간호사가 깜짝 놀라며 6층 간호사에게 질책하니까 6층 간호사가 되려 8층 간호사를 원망한다. 전문성 없고 직업의식 희미한 6층 간호사는 나와 엄마에게 책임을 전가했다. 보호자가 베드가 안 밀려 베드를 바꾸자고 해서 시간이 더 지체됐다는 둥 엄마 상태가 안 좋은 건 알고 왔죠라고 말하는 둥 자신의 잘못을 전가하기에 바쁘다. 너무 비겁하고 못나 보인다. 8층에 오셨을 때 산소포화도를 측정하는데 너무 낮아서 눈을 의심했다. 너무 위험한 수치였다. 간호사들이 말이 없다. 긴급하게 움직인다. 게다가 입안은 피범벅이었다. 6층에서 석션할 때 마우스피스를 끼우면서 상처가 난 것 같다. 눈물이 하염없이 흘렀다. 무슨 일이 생기는 줄 알았다. 급히 산소마스크를 씌워드렸다. 감사하게도 산소포화도가 올라와서 90을 넘었다. 입안도 청결하게 닦아드리고 상처 난 곳에 페레덱스를 바르고 안정시켜드렸다. 컨디션이 많이 회복되셔서 참 감사하다. 엄마, 제가 잘 간호해 드릴게요! 제가 엄마 옆에 있을게요!

2023. 9. 26. 화요일

엄마를 간병하게 된 그 시간이 난 정말 행복했다. 엄마는 눈도 잘 떠주시고 또렷하셨고 대답도 잘해주셨다! "엄마! 언젠가 엄마께서 그러셨죠. 갓난아기인 다현이를 키워주시면서 하시던 말씀. 다현이 키울 때가 가장 행복하셨다고요. 엄마, 난 지금 엄마와 함께 있는 이때가 가장 행복한 것 같아요. 엄마랑 같이 이렇게 있어서 행복해요." 엄마는 내 말을 다 알아듣고 계셨다. 엄마가 진짜 응답을 너무 잘해주셔서 너무나도 기뻤다. 예를 들어 "윤미 예뻐~?" 하면 고개를 끄덕끄덕하신다. 내가 "엄마가 더 예뻐." 그러니까 고개를 가로저으신다. 나는 박장대소했다. 진짜 크게 웃었다. 너무 기쁘고 행복했다. 이렇게 의사소통해 주시는 엄마께 정말 감사했다. 내가 "아냐, 엄마가 더 예뻐. 엄마가 예쁘니까 언니들이랑 내가 예쁘지." 하니까 미소를 띠신다. 착하고 의지가 뛰

어나신 엄마! 사랑하고 존경하고 감사합니다. 대답해 주셔서
정말 감사합니다.

2023. 9. 27. 수요일

낮에 의사 선생님이 회진 돌 때 엄마가 좋아 보이신다고
했다.

"선생님, 엄마 상태가 어떠신가요?"

"네~ 염증 수치도 괜찮고 열도 안 나고 컨디션이 좋아 보
이세요."

밤에 잘 때 엄마가 가냘픈 소리를 내신다. 내가 곁에서 "윤
미 여기 있어~ 엄마." 그러면 괜찮아지시는 것 같다. 안정감
을 드리는 건 사랑하는 가족만이 할 수 있는 특권.

엄마 곁에서 엄마를 바라보며 거의 밤을 새운 것 같다. 엄마
손을 붙잡고 엄마가 기침하실 때면 등 쪽을 토닥토닥 해드렸
다. 괜찮아지면 엄마를 물끄러미 바라보며 엄마가 잘 주무시
는지 지켜봤다. 엄마를 진작에 지켜드렸어야 했는데 그러지
못했음에 죄송함을 느끼며 그저 엄마를 바라보고 있었다. '엄
마, 죄송해요.' 엄마와 함께하는 이 시간이 너무 소중하다.

2023. 9. 28. 목요일

큰언니와 엄마 간병을 교대했다. 내가 간병하고 있는 사이 우리 집은 큰언니가 애들을 돌봐주고 살림을 해주고 있었다. 큰언니도 수험생 뒷바라지를 하는 상황에서 우리 집까지 챙기려니 얼마나 힘들었을까? 추석 연휴를 맞이하여 명절 동안 큰언니와 윤정 언니가 교대하며 엄마 간병을 하기로 했다. 나는 내가 쭉 엄마 간병을 하고 싶었으나 언니들이 말렸다. 가정을 좀 돌보라고 말이다. 집에 와서 시댁에 내려가려는데 감사하게도 시어머니가 휴가를 주신다. 간병하고 와서 힘들 텐데 집에서 쉬라고 하신다. 남편과 애들만 시댁에 내려가고 나는 갑자기 휴가가 생겼다. 갑자기 집에 혼자 덩그러니 있는데 어스름한 거실 유리 창밖을 보자 괜스레 울음이 터졌다. 설명할 수 없는 그리움에 "엄마 보고 싶어."를 연신 외치며 한참을 울었다. 엄마 곁에 껌딱지처럼 함께 지낸 며칠의 시간이 행복했고 오늘 큰언니랑 간병을 교대했을 뿐인데 엄마가 너무 그리워 오열하며 엄마를 불렀다.

2023. 9. 29. 금요일

엄마는 딸들이 번갈아 가며 곁에서 지켜드리니 좋아하시는 것 같다. 많이 안정적이시다. 내일은 윤정이 언니가 큰 언니와 교대해서 엄마를 간병해 드린다. 아! 엄마를 이렇게 딸들이 곁에서 계속 모실 수 있으면 얼마나 좋을까. 그런데 현실적으로 그게 어려우므로 간병인을 구해야 한다. 좋은 간병인 만나는 것이 쉬운 일은 아니다.

2023. 9. 30. 토요일

간병인 면접 약속이 잡혔다. 우리는 주말까지 윤정 언니가 간병하고 월요일부터 간병인이 오면 되겠지 싶었는데 월요일에 맞춰 오는 사람이 없었다. 당장 오늘부터 할 사람만 있었다. 그래서 5시까지 병원 로비에서 만나기로 했다. 나이가 젊고 숙련된 간병인이라고 소개받았다. 그런데 이 사람이 엄마를 보자 갑자기 자신이 없다면서 간병을 못 하겠다고 하는 것이 아닌가. 소개해 준 간병협회 팀장이 말을 잘못 전달한 부분이 있었다. 그래도 그렇지 엄마 간병하는 것이 쉽지 않아서 못 하겠다고 너무 대놓고 말하는 것이 속상했다. 그 사람은 그래도 미안하니까 오늘은 자기가 간병하겠다고 한다. 인상을 보니까 다정다감할 것 같지 않았고 전혀 엄마에게 애정을 줄 것 같지도 않았다. 무엇 때문인지 모르나 간병협회 팀장에게 뭔가 화가 나 있는 것 같은데 그런 마음 상태로 무슨 간병을 하겠다는 건지 원. 나는 너무 화가 났다. 좀처럼 화를 내거나 남에게 싫은 말을 하지 않던 나였지만 나는 그 간병인에게 그냥 가시라고 했다. 그런 마음으로 무슨 간병을 하겠냐고 그냥 빨리 가시라고 했다. 언니들에게는 간병인 구하는 것에 너무 조급해하지 말고 내가 엄마 곁에 있을 거니까 좋은 간병인으로 충분히 면접 보고 시간을 두고 정하자고 했다.

간병협회 팀장은 이후 베테랑 간병인을 다시 소개해 줬다. 성격도 싹싹해 보이고 엄마께 붙임성있게 말도 잘하시고 여태껏 만난 간병인 중에 가장 젊은 나이인 40대 초반이었다. 그분을 고용하려고 했으나 그분이 담배 피우는 분인 것을 알게 되었고 호흡기질환으로 치료 중이신데 담배 피우는 분께 엄마를 부탁할 수는 없었다. 좋은 분을 만날 때까지 기다리기로 했다. 마침, 내가 병가를 냈기에 엄마 곁에 있을 수 있지 않은가? 예전에 엄마가 내게 구원투수였듯이 이번에는 내가 엄마께 도움을 드릴 차례다.

큰언니에게 울면서 말했다. 우리 엄마인데 제발 잘 지켜드리자고 내가 간병할 테니 우리 집 좀 봐달라고 부탁했다. 언니들은 내게 미안해하면서 고맙다고 했다. 큰언니는 집 걱정을 하지 말라고 해주었다.

아, 다행이다. 이제 걱정 마세요. 엄마 곁에 제가 있을게요!

2023. 10. 2. 월요일

엄마 곁에 있겠다는 나의 애틋한 다짐이 무색하게 좋은 간병 이모님을 너무 빨리 만났다. 전화 목소리도 차분하고 좋아 보였고 일하는 것도 들어보니 베테랑이신 것 같다. 직접 얼굴을 뵈니 더욱 마음이 놓였다. 게다가 신앙심이 있는 분이었다. 무엇보다 차분한 목소리와 엄마를 향한 애정을 담은 간병 태도에 나는 걱정을 내려놓을 수가 있었다. 우리 세 자매는 이분께 엄마 간병을 맡기기로 하고 간병 이모의 두 손을 꼭 붙잡고 잘 부탁드린다고 거듭 부탁을 드리며 인사 후 병실을 나왔다.

2023. 10. 3. 화요일

엄마가 힘드신가 보다. 조용하시고 편하게 계셨던 엄마는 간병인 이모가 오시고 나서 갑자기 혈압도 높아지고 열도 나고 불안해하신다고 연락이 왔다. 병원에 가보니 의사 선생님이 보자고 하신다. 엑스레이 사진을 보여주신다. 의학적 지식이 전혀 없는 내가 봐도 사진이 매우 안 좋음을 알 수 있었다. 의사 선생님은 엄마의 임상소견이 좋아 보이셨고 열도 나지 않고 혈압, 맥박 등 모든 컨디션이 좋으셨기에 병세가 호전되고 있다고 생각하셨는데 오늘 엑스레이를 찍어보니 그렇지 않은 것이었다. 도대체 엄마는 이렇게 폐렴이 심하셨는데 어떻게 견디셨던 걸까? 간병인 이모는 엄마께 최선을 다해드리고 있었지만 엄마의 상태는 매우 불안정하셨다. 떨어지지 않는 발걸음을 억지로 떼며 무거운 마음으로 집에 왔다.

2023. 10. 4. 수요일

새벽에 병원에서 전화가 왔다. 엄마 상태가 급격히 안 좋아지신 것이다. 엄마께 가서 엄마 손을 꼭 붙잡아 드렸다. 다시금 안정을 되찾으신다. 간호사가 말한다. 의학적으로 설명하기 어려울 때가 있다고. 지금 엄마의 상태가 그렇다는 것이다. 의사 선생님은 우리에게 마음의 준비를 하라고 하신다. 나는 다시 간병하러 병원에 들어왔다. 엄마의 호흡이 힘겨워 보인다. 마음이 아프다. 너무 아프다. 내가 할 수 있는 건 정성껏 엄마를 돌봐드리며 엄마 귀에 사랑과 감사의 고백을 하는 것. 별다른 이상은 없으시다. 열도 잡히셨다. 아! 엄마께 기적이 일어나는 것 아냐? 이거야말로 정말 설명할 수 없는 기적이지. 엄마! 예전에도 그러했듯이 오뚜기처럼 다시 일어서실 거죠? 네?

2023. 10. 5. 목요일

오늘은 막내 이모가 오셨다. 막내 이모를 본 엄마의 눈빛이 너무나 애틋하다. 막내 이모는 흐르는 눈물을 주체 못 하며 "언니, 언니가 나를 이렇게 봐줘서 나 너무 좋다. 언니…." 라고 말했다. 막내 이모가 엄마께 문병을 올 때마다 엄마는 눈을 떠주시지를 않아서 이모는 항상 속상한 마음을 안고 집으로 가시곤 했다. 그런데 오늘 처음으로 엄마는 이모를 향해 눈을 뜨시고 무언가 하실 말씀이 있는 듯한 표정으로 이모를 응시하셨다. 그렇게 엄마와 이모의 눈물겨운 상봉을 하고 이모는 한 시간 정도 있다가 가셨다. 큰언니는 그날 직장에서 체육대회를 하고 매우 피곤한 몸이었지만 이모를 서울 자택까지 모셔다드렸다. 참 잘한 일이다. 이모는 차 안에서 집에 가는 내내 우셨고 언니는 이모의 그 마음을 집에 도착할 때까지 달래 드렸다고 한다. 이모는 또 다른 어머란 뜻이 아니던가. 언니가 이모께 효도한 것 같다.

밤 9시쯤 되었을 때 갑자기 배가 아프기 시작했다. 아무래도 아까 먹은 저녁이 탈이 난 모양이다. 유난스럽게 먹지도 않고 빵과 우유만 먹었는데 왜 배탈이 났지? 큰언니에게 전화했다. "언니, 오늘 밤 엄마 곁을 지켜드릴 수 있어? 나 배가 아파."

"응, 당연하지. 안 그래도 이모 모셔다드리고 엄마께 다시 가 뵈려고 했어. 언니가 오늘 밤 엄마 곁에 있을 테니까 너는 약 먹고 집에서 쉬다 내일 와서 나랑 교대해."

"응, 언니. 고마워." 그리고 나는 그날 밤 언니와 엄마 간병을 교대했다. 그날 밤 언니가 얼마나 중요한 일을 했는지, 인생에서 가장 중요하고 소중한 일을 장녀인 큰언니에게 맡기고 싶으신 하나님의 뜻이 아니었을까 감히 짐작해 본다. 밤에 엄마께 온 큰언니는 여느 때와 마찬가지로 엄마 컨디션을 확인한 후 엄마 손을 꼭 붙들고 보호자 간이침대에 앉아 있었다. 그날따라 엄마 손을 놓지 않고 꼭 붙들고 있다가 깜빡 잠이 들었다고 한다. 여전히 손은 꼭 붙잡고 말이다. 12시쯤 되었을 때 간호사가 오더니 언니를 깨우면서 "임종이 다가온 것 같습니다."라고 말하더란다. 맥박수가 현저히 낮아지고 있었다. 언니는 순간 나에게 전화해서 빨리 오라고 말했고 얼른 엄마 손을 부여잡고 엄마 귀에 대고 "엄마, 사랑해요. 엄마, 감사해요."를 말했다고 한다. 그리고 바이털 사인을 보니 그래프 모양이 평행선을 그렸고…. 간호사는 언니에게 엄마께서 임종하신 것 같다고 말하며 의사 선생님을 모시러 갔다고 한다. 그 모든 일들이 너무나 순식간에 일어난 것이었다.

2023. 10. 6. 금요일
새벽 0시가 조금 넘은 시간 큰언니에게 전화가 온다.

"윤미야, 빨리와!"

"어? 어! 알았어." 더 이상 묻지 않고 남편과 함께 현관문을 나선다. 그 사이 또다시 전화벨이 울린다.

"윤미야… 엄마 천국 가셨어." 이 말에 난 그대로 주저앉았다. 발에 힘이 풀렸다. 남편의 부축을 받고 차에 올랐다. 병원에 도착했을 때 엄마 모습을 뵈니 평안한 모습이시다. 엄마 몸에 아직 온기가 있다. 엄마를 부둥켜안고 떨리는 목소리로 "엄마, 축하해. 엄마… 천국 입성을 축하드려요."라고 말했다. 엄마가 돌아가신 것이 아직 믿기지 않았다. 엄마 몸은 아직 따뜻한데 말이다. 산소마스크를 벗겨드리고 엄마를 깨끗하게 세수시켜 드렸다. 며칠 동안 못 한 양치도 시켜드렸다. 양치질은 내가 제일 잘 시켜드렸었고 언니들도 인정했다. 엄마께 마지막 양치질을 해드렸다. "엄마, 그동안 너무 고생 많으셨어요. 우리 엄마, 주님과 함께 행복하시겠다. 엄마, 축하해. 그런데 엄마, 너무 보고 싶을 것 같아요." 얼마 지나지 않아 둘째 언니가 도착했다. 둘째 언니는 한동안 들어오지를 못하고 밖에서 한참을 오열했다. 엄마를 뵙자, 엄마 얼굴을 쓰다듬으며 엄마를 안고 연신 엄마를 부른다. 둘째 언니가 누구보다 가장 많이 운 것 같다. 나랑 큰언니는 병원이 집 근처에 있었기에 매일 드나들 듯 엄마를 찾아뵈었지만 둘째 언니는 엄마가 보고 싶어도 주 1회 또는 격주로 엄마를 찾아뵙곤 했었다. 엄마에 대한 그리움과 죄송함이 나와 큰언니보다 더한 것 같다. 아! 나는 왜 전날 밤에 배가 아팠을까? 아니, 오히려 감사하다. 큰언니가 엄마 임종을 지킬 수 있게 해주심에 감사하다.

3

고난 끝에서 답안지를 찾았어요

하나님의 때는 결코 우연이 없으리라. 병가는 내게 특별한 선물이 되었다. 정말이지 지상에서 허락받은 엄마와 함께한 특별한 시간! 천금을 주고도 못 바꿀 값진 시간이 주어졌던 것이다.

엄마의 장례를 모두 마치고 나는 마음을 추스를 수 있는 시간까지 허락받은 셈이었다. 스물여섯 살부터 쉬어본 적이 없는 나. 교대에 들어가기로 마음먹고 난 후부터 치열하게 2년간 공부했고 교대 입학 후 4년간 교대 과정을 수학한 후 3년간 임용고시 준비로 쉬지 않고 공부한 끝에 임용이 되었다. 그리고 첫째 육아와 둘째 임신과 출산 후 복직하며 누구보다 열심히 살았다. 그런 나를 위해 쉬지 않고 뒷바라지해 주신 엄마. 부족한 나를 온전한 아내, 엄마, 교사라는 이름으로 세워주신 내 인생의 일등 공신 엄마. 한 번도 쉬어 본적 없이 달려온 나와 엄마는 이번 특별휴가를 통해 세상에서 가장 소중한 시간을 보낼 수 있었다. 어쩜 동두천 외곽순환도로에서 타이어 펑크로 인한 멈춤 사건과 그 어디서도 본적 없던 붉은 노을을 보게 하심도 이 땅에서의 충성된 경주를 마친 후 천국 입성하실 것을 미리 바라보게 하심이 아니었을까?

　엄마께서 돌아가신 후 세 자매 중 둘째 언니가 가장 힘들어한 것 같다. 아마도 큰언니와 나는 엄마께 거의 매일 가보다시피 했지만 둘째 언니는 매일 오고 싶어도 거리가 멀다 보니 마음만큼 엄마를 자주 못 뵈었기 때문에 더욱 엄마에 대한 그리움이 짙었으리라. 며칠 후 둘째 언니에게 연락이 왔다. 대화 내용이 퍽 감사해서 여기에 실어본다.

　"오늘 교회 설교 말씀이 '우리 인생 최고의 정점은 죽는 순간이다.'라고 하셔. 믿는 사람에게는 '장례'는 없고 '장래'만 있는 거라고. 엄마 생각이 많이 났어. 삶과 죽음은 누구나 지나가는 건데 힘겨웠던 시간이었지만 엄마의 투병 과정을 거치면서 은혜롭게 깨닫게 된 것들이 참 많아. 하나님의 섭리와 천국 소망 그리고 노년의 모습은 외면하고 싶은 초라하게 시드는 시간이 아닌 하나님 나라에 가까워지는, 우리를 참된 겸손으로 이끄는 시간임을 알게 되었어."

아! 둘째 언니가 엄마에 대한 그리움으로 꽤 힘들어했는데 그 힘들었던 시간이 은혜로운 깨달음을 빚어주었구나. 그래! 믿는 자에게 있어 죽음은 슬픈 '장례식'을 치르는 것이 아닌 힘찬 '장래식'(장래로 향한 의식)이 수반될 수 있어야 할 것이다.

건강하실 땐 건강한 모습대로 가정을 위해 자신을 내어준 사랑의 본체, 엄마. 9년간의 와상환자로 지내실 때 비록 투병 중이셨으나 붙들어야 할 가치를 깨닫게 해주시고 참된 것을 바라볼 줄 아는 안목을 갖게 해주신 엄마. 온 인생을 통틀어 밀알처럼 자신을 내어준 삶을 사신 엄마.

한 알의 밀이 땅에 떨어져 죽지 아니하면
한 알 그대로 있고 죽으면 많은 열매를 맺느니라.
- 요한복음 12장 24절 -

지난 9년간의 세월이 터널 속처럼 느껴질 때가 많았다. 깜깜하고 앞도 보이지 않고 어떻게 해야 좋을지 알 수 없을 때가 있었다. 그러나 견딜 수 있었던 것은 이 터널의 끝에는 반드시 빛이 있음을 믿었기 때문이었다. 그 믿음은 옳았다. 터널 속에 있는 것 같던 고난의 시간들. 그러나 고난의 시간을 함께하시며 이끌어 주심을 경험했기에 난 웃을 수 있고 기뻐할 수 있었다. '고난'이라는 시험의 답안지에는 '축복'이라는 정답이 쓰여 있었다. 내가 할 일은 시험 보는 도중에 포기하지 않는 것이다.

터널에는 반드시 끝이 있다, 그 끝엔 빛이 있다

④

황금들판에서 만난 천사 같은 농부님

엄마 장례를 마치고 유품을 정리했다. 대전집을 처분하면서 이미 한차례 부모님의 짐을 정리했었기에 엄마 유품이 많지는 않았다. 언젠가 다시 일어나실 것을 기대하며 엄마가 생전에 아끼시던 옷 몇 벌과 액세서리, 사진, 편지, 기타 서류들이었다. 쓰레기 종량제 봉투에 담아서 버리면 된다는 의견도 있었으나 그러고 싶지 않았다. 소각할 만한 장소가 있다면 소각하고 싶었다. 그러나 우리가 마당이 있는 것도 아니고 우리 소유의 땅이 있는 것도 아니고 소각할 만한 장소가 없었다. 언니와 함께 엄마 유품을 들고 기도했다. "주님, 엄마 유품을 소각할 만한 땅이 어디 있을까요? 있다면 그 땅을 만나게 해 주십시오." 그렇게 엄마 유품을 챙겨서 언니와 함께 차를 타고 다니며 주님 주시는 감동을 따라 운전했다. 한참을 찾아다니다 둘 다 동시에 '이곳이다!' 하는 감동이 드는 곳을 만났다. 벼들이 익어 가는 황금 들판이었다. 황금 들판 옆에 주차하고 무작정 황금 들판 옆 둑길을 걸어갔다. 걸어가다 보니 쉼터 같은 공간에 아주 큰 고무 대야가 있고 그 안에 물이 가득하다. 옆에 수도도 있다. '아! 여기 너무 좋은데 정말 이곳으로 인도하신 것이 맞을까?' 그때 저쪽에서 농부 한 분이 걸어오신다. 언니는 용기를 내어 용건을 전한다. "안녕하세요! 저기 다름이 아니라 혹시 여기 소유주 되실까요?"

"아니요, 여긴 내 친구네 땅이에요. 그런데 무슨 일이신데요? 나한테 얘기해도 돼요."

"아, 그러세요. 저기… 저희가 무엇을 좀 소각하고 싶은데요. 아파트 내에서는 소각할 만한 장소가 없어서요. 저희에게는 중요한 물건이라서 쓰레기봉투에 넣어서 버리고 싶지는 않고 소각하고 싶은데 양이 많지 않아서 금방 소각할 수 있습니다. 혹시 허락해 주실 수 있으실까요?"

참 무모하고도 용기있다.

"아~ 소각하면 소방법에 걸려서 안 돼요. 소방서에서 쫓

아온다구."

"아, 네… 그런데 양이 많지 않아서요. 이 정도예요."

쇼핑백 한 개 정도의 양이었다.

"이리 줘봐요."

이게 웬일인가? 그 농부님은 주머니에서 라이터를 꺼내시더니 어디선가 불쏘시개도 구해오시고 긴 막대기도 가져오셨다. 그러고는 정리해 온 유품들을 모두 소각해 주셨다. 긴 막대기로 공기가 중간중간 유입되어 소각이 잘될 수 있도록 하시면서 전문가처럼 도와주셨다. 옆에 큰 고무 대야에 물도 많아서 소각한 자리에 물을 붓고 안전하게 뒤처리까지 다 해주셨다. 너무 감사한 마음에 지갑에 있던 현금을 드렸으나 기어이 받지 않으시고는 뒤돌아서 왔던 길로 가신다. 아! 저분은 뭐지? 하나님이 보내주신 천사인가? 무르익은 벼들이 빼곡한 황금 들판을 바라보며 감사기도를 올려드렸다. 그리고 언젠가 다시 만날 그곳에 먼저 가 계실 엄마. 주소지를 하늘나라로 이전하시고 아름다운 그곳에 먼저 도착하셨을 뿐인 엄마. 사랑하는 엄마, 그리운 엄마, 우리 그곳에서 다시 만나요!

황금들판에서

천사 같은 농부님을 만나다

5장

이제는 못 하는 게 없는
찬란한 백조예요

또 다른 목표를 세우거나 새로운 꿈을 꾸기에
나이는 문제가 되지 않는다.

- C.S. 루이스 -

내 마음 관리사무소

'김창옥쇼'에 요즘 푹 빠져서 매일 2시간씩 시청한다. 설거지하면서 듣고 빨래 개면서 듣고 밥 먹으면서 듣는다. 상담대학에 안 가도 될 것 같다. '김창옥쇼'를 보고 있으면 인간 내면의 갈등, 사람 사이의 갈등을 푸는 지혜를 배우게 된다. 참 유익한 프로그램이다. 어느 날 직접 '김창옥쇼'를 방청하고 싶어서 방청 신청을 했다. 방청하려면 사연을 써야 하는데…. 주제는 "나 건드리지 마."였지만 맨 아랫줄에 "그 외 사연도 환영합니다."라고 쓰여 있길래 나의 일상을 썼다. 내 배움의 열정이 평범하지 않긴 한가 보다. 다음날 tvN 작가에게 전화가 왔다. 40분 정도를 통화했는데 작가님이 웃으면서 나의 이야기가 너무 재미있다고 했다. 유쾌한 통화였다면서 방청 확정이고 앞자리에 앉을 거라고 했다. 사연을 인터뷰할 수 있다는 말을 남기면서 전화를 끊었다. 나는 너무 설렜다. '김창옥쇼'를 그것도 앞자리에서 볼 수 있을 거라는 기대감에 나는 흥분을 감출 수가 없었다. 내 일상이 인터뷰할 만한가?

　내가 현재 배우는 것들을 적고 배우는 것이 좋다고 사연을 썼다. 현재 나의 배움은 필라테스, 통기타, 베이스기타, 영어 회화, 플루트, 수영, 탁구이다. 주 2회 월요일, 금요일에 필라테스, 화요일 5시에 베이스, 수요일 9시에 영어 회화, 목요일 7시에 플루트, 화요일과 목요일 새벽에 수영, 토요일 8시 30분에 통기타, 주말에 탁구(주 2회)를 배우고 있다. 모두 다 재미있다. 작가는 내게 배우는 동기와 시간표와 경제적인 것들을 꼬치꼬치 물어보았다. 작가는 "배우자분은 윤미 님이 이렇게 많이 배우시는 것에 뭐라고 말씀하세요?"

　"남편도 같이 배우고 싶다고 하는데요. 탁구는 주말반에 함께 등록해서 배워요." 이렇게 인터뷰하고 난 후 배우자에게 갑자기 고마워진다. 배울 수 있도록 정서적으로 지지해주는 것 또한 고마운 일인 것 같다. 집안 살림을 더 돌아볼 시간에 학생보다 더 많은 걸 배우는 아내가 이해 안 갈 수도 있을 텐데 말이다. 작가는 내게 왜 이렇게 배우는 것이 많냐고 물어보았다. 답은 즐거움이다. 배우는 족족 재미있다. 심지어 어떤 건 배우고 나서 금세 잘하기까지 하니 그럴 땐 더 신난다. 무엇인가를 배울 때 처음 시작하면서 재미를 느끼고 배울수록 점점 내 한계를 벗어나는 것 같아서 기쁘다. 배움의 즐거움이 쉬는 것을 이긴다. 쉬고 싶은 것은 내가 하기 싫거나 힘든 것을 하고 난 다음에야 쉬고 싶지만 내가 하기 즐거운 것은 계속하는 게 쉬는 것보다 훨씬 좋다. 밤중에 '아, 내일 동이 트면 기타를 연주해야지.', '빨리 아침이 되어서 플루트를 불고 싶다.' 이런 마음으로 즐겁게 아침을 기다린 적도 있다.

크리스마스 플루트 연주회

　운동을 하는 것은 조금 다른 느낌이다. 어떤 때는 참 운동
하기 싫을 때가 있다. 필라테스의 경우가 그렇다. 그런데 필
라테스는 내가 좋아서 하기보다는 건강한 육체를 위해서 의
무적으로 하는 면이 크다. 즐겁고 신나서 직장에 나가는 것보
다는 돈을 벌어야 하니까 책임감으로 출근하는 것과 같은 이
치다. 내 몸이 건강하기 위해서 하기 싫을 때도 마치 노동하
듯이 운동을 하는 것이다. 필라테스는 그런 마음이 들 때가
많다. 그런데 어찌 되었든 하고 나면 몸도 개운하고 뻐근했던
몸이 풀리는 것 같고 경직되었던 목과 어깨가 말랑해지니 운
동은 반드시 해야 한다. 비록 지금은 배우느라 너무 바쁘지만
미래의 윤미에게는 칭찬받을 것 같다. 그렇지, 윤미야?

수영을 입문하게 된 계기는 조금 특별하다. 물은 나에게는 공포의 대상이자 극복해야 할 대상이었다. 내가 어릴 때 물에 빠진 적이 있었나 할 정도로 나는 물이 너무 무서웠다. 일단 물에서는 숨을 쉴 수가 없다는 것이 가장 큰 공포였다. 그렇기에 수영을 평생 못할 줄 알았고 배움에 수영은 아예 생각조차 하지 않았다. 이런 내가 수영을 시작하게 된 것은 엄마께서 소천하시고 난 이후였다. 엄마께서 소천하신 직후, 마치 물 벽을 뚫고 지나가시는 듯한 이미지가 연상되었다. 왜 떠올랐는지는 모르겠지만 엄마께서 물로 된 벽을 뚫고 통과하신 모습이 떠올랐고 나에겐 그 이미지가 퍽 위안이 되었다. 이유는 설명하기가 어렵다. 이것은 내가 물의 공포를 이겨낼 수 있는 가장 큰 계기가 되었다. 물이 공포의 대상이 아니라 뚫고 나가야 할 대상으로 인식되자 물을 이겨내고 싶었다. 수영을 등록하고 물에 들어갔는데 너무 무서웠다. 그런데 엄마께서 항상 내게 해주시던 말씀이 있다.

"윤미야 너는 할 수 있어. 마음먹으면 못 할 게 없어." 이 말씀이 내 귓가에 생생하게 맴돌았고 물 벽을 뚫고 통과한 엄마의 모습을 생각하며 나는 내 안에 가장 제한을 두었던

물을 극복해 보기로 했다. 그렇게 물속에서 엄마를 생각하며 숨 참기와 음파 호흡을 시도했다. 수영 강사님은 심지어 나보고 잘한다고 하셨다. 나는 또 하나의 나를 가두던 벽을 부수고 나올 수 있었다. 수영장에서 너무 감사하고 좋아서 눈물이 났다. 엄마를 생각하며 물에 대한 공포의 문턱을 낮출 수가 있었고, 마침내 해낼 수가 있었다. 그때 기분은 뭐라 묘사 못 할 정도로 벅찬 느낌이었다.

작년 겨울에는 스키도 도전했다. 겁이 많아서 다칠까 봐 유독 몸을 사렸던 내가 스키도 도전하고 중급코스에서 내려오는 경험까지 했다. 엄마 말씀이 틀린 게 하나도 없었다. "이것만 먹으면 못 할 게 없다. 뭘까?" 정답은 마음! 도전하고 성취할 때마다 눈물이 핑 돈다. 엄마가 너무 보고 싶고 감사하고 또 하고 싶은 얘기가 많아서다. '엄마 말씀처럼 마음먹으니까 정말 다 할 수 있어요.'라고 자랑하고 싶다. 할 수 있다고 마음먹으면 못 할 게 없다. 엄마의 투병 과정에서 깨달은 하늘 같은 사랑. 이 땅에서 평생 아낌없이 주시기만 했던 엄마의 그 사랑이 내 삶에서 건강한 내면의 꽃을 피워주고 있다. 그 덕분에 내 마음 관리사무소는 오늘도 매우 잘 운영되고 있다.

내 마음 관리사무소

엄마께.

건강하실 때도 내게 항상 가능성과 도전 의식을 갖게 해주신 엄마, 투병 중에도 여전히 내게 도전 의식과 삶의 목표 의식을 갖게 해주신 사랑의 본체! 엄마는 건강하셨을 때나 아프셨을 때나 자녀들에게 너무나 완벽하시고 존재 자체만으로도 존귀하십니다. 이 땅 살아가면서 엄마 아빠가 빚어주신 세 자매는 서로 아끼고 사랑하며 잘 살게요. 사랑하는 엄마, 우리 천국에서 다시 만날 때까지 이 땅에서 항상 최선을 다하며 살아갈게요!

부지런한 베짱이

　"당신 베짱이야?" 남편이 나에게 자주 하는 말이다. 기타 치며 노래하다가 탁구 연습하고 와서는 다시 또 플루트 연습한다고 나가는 내 모습에 남편은 베짱이냐고 볼멘소리로 퉁명스럽게 말한다. 빨래나 청소할 새는 없어도 악기 연습이나 운동은 어떻게든 시간을 만들어서 꼭 한다. 뒤늦게 배움의 즐거움을 깨달은 40대 아줌마가 참 여러 가지를 배우고 있다. 내가 악기, 운동을 배우느라 집안 살림에 좀 소홀해지자 안 되겠다 싶어 집안 정리정돈도 제대로 배우고 싶은 마음에 '정리수납전문가 1급' 과정을 공부했고 자격증을 취득했다. 정리정돈 수납을 배우는 것도 재미있었다. 시간을 쪼개어 쓰니 못 할 것이 없다. 누군가는 "아유~ 좀 쉬어요. 고만 좀 배우고 쉬어요."라고도 조언한다. 그런데 나는 배우는 것이 쉬는 것보다 훨씬 더 좋다. 기타를 연습하는 것이 나에게는 쉬는 것이 될 수 있다. 내가 여러 가지를 배우고 있는 것을 알게 된 분들이 한두 가지만 선택해서 집중하는 건 어떠냐고들 하신다. 그런데 두루두루 재미있는데 어떤 걸 선택하고 내려놓고 할 수가 없다. 그래서 일단은 나의 시간표 안에서 운용할 수 있는 배움들은 모두 유지하고 있다.

40대가 되어 깨달은 것은 배움에는 끝이 없다는 것과 나이는 장애물이 아니라는 것, 꿈을 향한 도전 정신만 있다면 배움 앞에서는 어린아이건 청년이건 중년이건 혹은 노년이건 같은 입장이 된다. 조카와 함께 배우는 기타 시간이 되면 배우는 것도 즐겁고 함께 하모니를 이루며 연주하는 것 자체가 얼마나 즐거운지 모른다. 배움의 힘은 혼자 배울 때보다 함께 할 때 더 빛을 발하는 것 같다. 나의 배움 목록에는 앞으로 배우고 싶은 것도 빼곡히 적혀있다. 배웠다가 잠시 쉬고 있지만 시간을 내서 꼭 다시 배우고 싶은 줌바를 비롯하여 켈리그라피, 수채화, 유화, 한식 조리사 자격증, 대형면허 자격증, 바리스타, 미용 자격증이 적혀있다. 어떻게든 시간을 만들어서 꼭 도전해 보고 싶다. 바디 프로필도 찍고 싶어서 도전하려 했으나 주변에서 하도 말려서 그건 나에게 주는 기회 목록에서 제외했다. 좀 아쉽다. 어쩌면 많은 사람의 반대를 무릅쓰고 내년 봄에 도전하고 있을는지도 모르겠다. 예전에는 약간 불만 섞인 말투로 베짱이라고 놀리던 남편이 요즘에는 "부지런한 베짱이네."라며 칭찬 아닌 듯한 칭찬을 한다. 나에게는 주말 아침도 배움을 위해 평일처럼 똑같이 일찍 일어나는 루틴이 적용된다. 이 정도면 개미 못지않게 부지런한 베짱이 아닐까?

부지런한 베짱이

3

캐나다 자유여행 준비

2024년 여름방학에 나는 인생 첫 해외 자유여행을 도전했다. 제주도 여행을 갈 때도 수하물 부치는 것을 해본 적 없고 남편만 졸졸 따라다니던 내가 자녀들과 함께 캐나다 자유여행을 계획한 것이다. 무슨 자신감에선지 덜컥 티켓팅을 했다. 스키, 수영의 도전을 성공했을 때 정말 성취감이 컸고 못 할 게 없을 것 같은 충만한 자신감 덕분에 전자 비자 발급부터 국제 운전면허 발급까지 하나씩 필요한 서류를 준비해 나갔다. 그런데 출국 일자가 다가올수록 그 치솟던 자신감은 어디 가고 소심해지고 있었다. 남편과 아이들에게 큰소리 뻥뻥 쳐놓긴 했으나 막상 여행 일자가 다가오자 '내가 잘할 수 있을까?' 스스로에게 의심이 가고 걱정이 커졌다. 일단 직장 일이 너무 바빴고 방학을 하자마자 바로 출국이라 짐을 쌀 시간이 부족했다. 주변에서 다들 "짐은 잘 쌌어?"라고 물어볼 때마다 더욱 소심해졌다. 출국 전날까지 인터넷 쇼핑으로 주문한 물품이 현관문 앞에 가득 쌓여 있었다. 정말 난 우주 최강 P인 것 같다. 나의 자유여행 운용 능력을 보여주고자 남편에게 일절 도움 요청 없이 알아서 진행했기에 남편의 도움이 있었다면 1시간에 준비할 수 있는 것을 혼자 준비하니까 몇 배는 걸린 것 같다. 그래도 늘 남편의 도움으로 해외여행을 다녀온 터라 이번에는 나 혼자서 해내고 싶었다. 부족한 시간에 혼자 힘으로 자유여행 준비를 하자니 힘들긴 했다. 사실 캐나다에 아는 분이 있어 그 지인을 믿고 자유여행을 도전한 측면이 크다. 그런데 국내 여행도 아니고 캐나다 자유여행인데 해외 자유여행을 너무 쉽게 생각했다는 것을 여행 준비를 하면서 깨달았다. 일단 나의 여행 가이드가 되어줄 스마트한 친구, 핸드폰부터 신상으로 바뀠다. 동시통역 기능이 있다는 말에 마음이 한결 가벼워진다. 새 핸드폰으로 사진을 옮기려고 사진 정리를 하다가 엄마랑 함께 찍은 사진과 동영상을 봤다. 재활병원에서 연하 검사를 하시기 위해 요플레 삼키시는 연습을 하는 영상이 있었다. 요플레를 한입 먹여드리자 꿀꺽 삼키시는 모습, 그 모습에 손뼉 치는 우리들의 모습이 담긴 동영상이었다. 갑자기 엄마가 보고 싶어 눈물이 났다. '너무나도 보고 싶은 엄마. 사랑해요. 엄마를 생각하면 내가 못 할 게 없어요. 이번 여행도 잘하고 올게요, 사랑하는 엄마.' 엄마의 영상을 보니 소심해졌던 쫄보가 대담한 탐험가로 변신했다. '내가 못 할 게 뭐야? 없지!'

13시간의 비행을 거쳐 드디어 토론토 피어슨 공항에 도착한 첫인상은 공항이 크고 깨끗하다는 것이다. 아, 그런데 입국 심사가 키오스크에서 몇 가지 질문에 응답하면 끝이다. 영어로 입국 심사 준비를 열심히 준비했는데 써먹지도 못했다. 그런데 한 가지 의아한 것은 공항 직원들이 대부분 외국인이라는 사실이다. 인도 전통 모자 터번을 쓴 사람들, 히잡을 쓴 사람들, 흑인들이 많았다. 그리고 백인 어르신들도 많이 눈에 띄었다. 캐나다도 인구 노령화 시대인가 보다. 에어 캐나다를 타고 핼리팩스로 가기 위해 공항에서 6시간을 대기할 예정이었는데 공항 이곳저곳 둘러보고 기다리던 중 시간을 도둑맞았다. 에어캐나다에서 비행기 탑승 시간이 3시간이나 지연된 것이다. 짜증 났지만 말도 안 통하는 외국에서 따질 수도 없고 그저 기다렸다. 그런데 더 화가 났던 것은 비행시간 지연에 대해서 사과가 없다는 것이다. 내 소중한 시간을 아무렇지 않게 빼앗은 것이 괘씸했다. 13시간 비행을 하고 무려 9시간을 대기했더니 토론토에서 핼리팩스로 가는 2시간 비행거리는 아무렇지도 않은 듯 여겨진다.

핼리팩스로 가는 에어캐나다 기내가 너무 춥다. 에어컨을 끌 수 있냐고 물으니 각자 개인이 조절할 수 있다고 하는데 고장이 났는지 개별적으로 강약 조절이 안 된다. 내가 에어컨을 조절하려고 해도 안 돼서 한참을 씨름하는데도 승무원은 도움을 주지 않는다. 승무원은 우리와 매우 가까운 거리에 앉아 있었지만 세 명의 승무원은 나란히 앉아 자기네들끼리 수다를 떨었다. 나는 낑낑거리고 승무원들은 깔깔거리고…. 속으로 화가 나기까지 했다. 내가 계속 에어컨을 붙잡고 씨름하자 뒷자리에 앉은 외국인 청년이 도와줬지만 그가 해봐도 역시 안 된다. 애들이 기침도 하고 추워하길래 나는 도저히 가만히 있을 수 없었다. 가방 속에서 스티커를 찾아 어렵사리 직접적인 바람을 간접적으로 방향을 돌릴 수 있었고 이제 됐다 싶어서 자리에 앉으려고 하는데, 기내 방송에서 안전벨트를 하라고 안내가 나오고 승무원이 다가온다. 그러면서 내가 힘들게 찾아 붙인 스티커를 떼버리더니 에어컨을 이리저리 돌려가며 조절한다. 그러더니 더 이상 조절이 안 된다며 그대로 가버린다. 이게 무슨 경우지? 혼자 씩씩거리며 배낭 속을 찾아봤다. 맥시멈리스트인 나는 배낭에 제법 큰 봉제 인형과 미니 담요를 챙겨놨었다. 그 인형과 담요가 큰 몫을 했다. 이러니 내가 어떻게 비움을 추구하는 미니멀리스트가 될 수 있을까?

　2시간 22분 비행을 거쳐 핼리팩스에 도착했다. 서비스 정신이 많이 아쉬웠지만 서운함은 비행기에 두고 내렸다. 우여곡절 끝에 도착한 늦은 밤 핼리팩스 공항. 웰컴 피켓을 들고 열렬히 환영해 주는 반가운 얼굴을 보니 그제야 비로소 안도감이 생긴다. 지인은 노바스코샤주 핼리팩스에 살았기에 주변 가볼 만한 유적지와 다운 타운과 맛집을 다니며 캐나다에 적응하기 시작했다. 예쁜 공원 벤치에 앉아 잘 가꾼 정원도 보고 호수도 보고 오리도 따라다니고 재미있었다. 그러다 화장실을 다녀오고 난 후 생각이 깊어진다. 캐나다 도착해서 공항에서부터 가장 충격적이었던 것은 화장실 칸칸마다 설치된 주사기 수거함이었다. 캐나다는 마약이 합법인 나라니까 주사기를 사용한 후 따로 버리도록 하는 것은 이 나라에서는 당연할 텐데 영 이상하다. 답답해하다가 근본적인 질문으로 올라가 본다. '왜 마약이 합법일까?'

공원에서 산책을 마치고 워터프론트로 향했다. 많은 인파를 뚫고 자랑스러운 K−음식점에서 정겨운 한국 음식을 여러 개 시켜 먹었다. 떡볶이를 먹으니, 소화제를 먹은 듯 속이 확~ 풀리는 것 같다. 워터프론트의 북적거리는 사람들 대다수가 문신을 하고 있었다. 문신을 하는 것이 별일 아닌 듯 색깔도 다양하고 무늬도 꽤 크다. 캐나다는 상당히 자유분방한 나라라는 인상을 크게 받았다. 마약 합법, 문신, 수많은 외국인이 있는 나라.

캐나다에서는 길을 건널 때 사람이 먼저라는 인식이 상당

해서 차가 오는 것을 두려워하지 않고 길을 건너는 경우가 다반사였다. 심지어 차가 온다고 빨리 뛰어 건너지도 않았다. 나는 길을 건널 때 손을 들었고 멈춰 서는 차에 고맙다고 인사를 했는데 여기에서는 그렇게 할 필요가 없었다. 하지만 습관이 무섭다고 나는 캐나다 여행 내내 K-교통문화 특성을 버리지 못했다.

캐나다에 도착해서 여기저기 돌아다니며 캐나다 문화를 알아보았다. 다른 나라에서도 종종 느꼈던 것인데 이곳에서도 분리수거를 너무 안 하는 것 같다. 캐나다는 선진국이니까 다를 줄 알았는데 여기도 마찬가지로 쓰레기를 버릴 때 별로 구분을 안 하고 그냥 막 버리는 경우가 대부분이었다. 마시던 콜라, 사이다, 커피가 아직 한참 남아있는데도 그냥 쓰레기통에 버렸다. 평소 분리수거를 중요시해 왔던 나는 그곳에서는 소용도 없었겠지만, 깨끗이 씻어서 분리수거를 했다. 그냥 버리는 게 몸에 배지 않아서 도저히 그냥 버려지지 않았다. 학교에서 '지구를 구하자' 캠페인으로 분리수거, 재활용, 1회용품 사용 안 하기를 강조해 오던 교육자 양심으로 누가 보건 말건, 한국에서 해오던 습관이 있는지라 분리수거를 열심히 했다.

　이곳에서 심심치 않게 맡게 되는 대마 냄새는 화장실 주사기 수거함에 이은 두 번째 문화충격이었다. 처음에는 이 냄새가 뭔지 싶었는데 지인분이 대마 냄새라고 알려준 뒤로는 하루에 대마 냄새를 맡은 횟수를 세어봤다. 우리나라에서 담배 냄새 맡는 것보다 더 많은 횟수였다. 캐나다에서는 담배 가격이 비싼 편이라서 오히려 대마를 선호하기도 한다니 놀라움을 넘어서서 걱정되었다. 우연히 알게 된 캐나다 어학연수생과 많은 대화를 하게 되었다. 이 학생과 대화하다 보니 내가 캐나다에 도착하고 나서 느꼈던 문화충격이 내가 촌스러워서 나만 그렇게 느끼는 건 아니었음을 알고 안도감이 들었다. 캐나다 인구의 꽤 큰 비중을 차지하는 인도 사람들, 아랍권, 그리고 중국인들에 밀려 정작 캐나다 현지인은 캐나다에서 일하기 쉽지 않은 상황 같았다.

　캐나다의 교육 현실은 나에게 세 번째 충격을 안겨주었다.

지나친 LGBTQ 옹호로 보편적인 양성 개념을 가진 학생들은 역차별을 받는 것이었다. 예를 들어 신설된 공립학교에 남, 여 화장실이 따로 구분되어 있지 않은 바람에 보수적인 성향을 가진 유학생들은 볼일을 제때 못 보고 꾹 참다가 집에 와서 해결한다는 말을 듣고는 무엇이 진정한 평등일까를 생각해 보았다. 왜 구별과 차별을 혼동하는지 모르겠다. 학교에서는 지나치게 학생의 생각을 존중하는 까닭에 남자가 여자라고 느낄 때 학교 선생님은 "너를 어떻게 불러줄까?"라고 물어본다고 하니 교육자로서 마음이 무거웠다. 인류에게는 보편적인 기준이 존재하고 어디든, 누구든 언제나 공통으로 적용될 기준이 있는데 말이다. 이렇게 상대적 기준과 개인주의를 중시하다 보니 교육 현장에서도 '하지 마라'는 말은 하면 안 되는 것이고 '~건 어때?' 제안형으로 권해야 한다고 한다. 어떻게 보면 자유롭고 학생을 존중하는 이상적인 교육풍토라고 생각할 수 있지만 각각의 생각을 허용하고 보편적인 기준보다 우위에 둔다면 그것은 보편성에 대한 폭력은 아닌지 생각해 봤다. 캐나다에 대한 한껏 높았던 기대감은 막상 접하게 되는 사회 문화 환경에, 아쉬움에게 자리를 내어주고 있었다. 그래도 캐나다 하면 자연환경이 기가 막히지 않겠는가. 빨리 떠나자, 캐나다 동부 로드트립!

4

떠나요, 캐나다 동부 로드트립!

오전 7시에 캐나다 동부 로드트립 시작. 날씨가 예술이다. 구름이 크레페 같다. 층층이 겹겹이 입체적으로 쌓인 구름을 보니 감탄이 저절로 나온다. 이날 노바스코샤주에서 출발해 PEI주로 이동했다. 『빨강머리 앤』의 배경이 되는 초록색 지붕 집을 둘러보고 PEI 주의 해변을 둘러보다 예쁜 등대 앞에서 잠시 눈을 감고 파도 소리를 듣고 있자니 내가 지금 제주도와 와 있는 건지 캐나다에 와 있는 건지 잠깐 구분이 안 되었다. 다시 눈뜨고 정신을 차린 다음 오늘 머물 숙소가 있는 우드스톡으로 출발했다. 내 인생 도전 정신을 갱신한 날이다. 무려 9시간을 운전했다. 운전하는데 앞자리 수가 줄어드는 게 참 의미 있는 것이라는 걸 알았다. 이동거리 앞자리

숫자가 5에서 4, 3, 2로 바뀌다 1로 줄어들고 마침내 세 자리 수에서 두 자릿수가 될 때는 성취감이 생겼고 목적지에 도착했을 때의 뿌듯함이란 이루 말할 수 없었다. 여행 중 액상 비타민을 꼬박꼬박 챙겨서 먹었다. 한국에 있을 때는 거들떠보지도 않았던 것인데 캐나다 여행 중에는 얼마나 애지중지했는지 모른다. 아마 캐나다에서 운전한 총거리는 한국에서의 25년간 운전한 거리와 맞먹을 것 같다. 로드트립 중 먹었던 맥도널드 햄버거와 팀홀튼 아이스캡은 힘든 로드트립 여정의 단비였다. 다행히 나와 아이들은 햄버거를 좋아했고 팀홀튼의 메뉴는 맛도 무난했고 가격도 착해서 우리는 로드트립 중 휴게소가 있으면 꼬박꼬박 들러서 주전부리를 쉬지 않고 즐겼다.

   달리고 달려 퀘벡 숙소에 도착했을 때는 숙소가 너무 좋아서 소리를 질렀다. 에어비앤비로 예약한 숙소 상황은 약간 복불복 느낌이었다. 어떤 숙소는 기대 이상으로 좋기도 했고 어떤 숙소는 옛날 영화에 나올법한 구식건물이기도 했다. 기대 이상의 퀘벡 숙소에서 잠시 쉬다가 드라마 〈도깨비〉에 나왔던 곳을 가보기 위해 서둘러 나왔다. 캐나다는 워낙 주차하기도 힘들고 주차비도 비싼 데다 자칫 주차구역이 아닌 곳에 주차했다가는 어마어마한 과태료를 내기 때문에 웬만하면 숙소에 차를 주차한 후 도보로 이동했다. 30분쯤 도보로 이동하니 그토록 가보고 싶었던 '샤토 프롱트낙' 호텔에 도착했다. 호텔 앞 뒤프랭 테라스에서 바라보는 세인트로렌스 강은 나를 영화 주인공으로 만들어 주었다. 그냥 모든 풍경이 너무 멋졌다. 애들도 사진 찍느라 바쁘다. 남는 건 사진밖에 없다면서 각자 자신의 스마트폰으로 사진 찍고 싶어 하는 애들을 어르고 달래가며 붙잡고 셋이 함께 사진 찍느라 무척 애썼다. 일명 도깨비 언덕을 올라 아브라함 평원에서 바라본 퀘벡시티는 황홀할 지경이었다. 이렇게 도시가 예뻐도 되나 싶을 정도로 도시 자체가 예뻤다. 초록색의 아브라함 평원에 앉아 포즈를 취하는 큰딸, 언덕에서 뛰노는 둘째 딸. 지금, 이 순간이 영화의 한 장면 같다. 푸른 언덕, 파란 하늘, 선명한 하얀 구름, 잔잔한 세인트 로렌스강, 아기자기한 퀘벡시티가 어우러진 풍경은 한 폭의 그림이었다. 너무 예쁜 풍경에 남편이 생각났다. 같이 왔으면 더 좋았을 텐데….

아브라함 평원에서

　캐나다의 자연은 정말 부럽기 그지없었다. 어딜 가도 호수와 숲을 흔히 만났다. 가는 길에 만난 몽모랑시 폭포는 작은 규모의 폭포로 보였는데 알고 보니 낙차는 꽤 큰 폭포였다. 나이아가라보다 30m 더 높다고 한다. 폭포에 올라가 바라본 세인트 로렌스강의 전망은 어제와 또 다른 풍경이다. 어제 본 모습은 화려하고 세련된 도시의 강이라면 오늘은 수수하고 소박한 시골의 강이다. 로드트립 4일 차에 가본 몬트리올 대성당은 웅장함과 위엄이 느껴지는 건물이었다. 몬트리올 시내를 걸으며 유튜브에서 본 맛집도 방문해 보고 캐나다 자유여행의 재미를 한껏 느꼈다. 패키지가 아니니까 중간에 일정을 마음대로 추가하기도 하고 경로를 바꾸는 재미가 있어 좋았다. 국회의사당을 방문하고자 달려간 오타와. 다른 도시보다 더 깨끗한 인상을 받았다. 국회의사당 입장 예약을 했으나 예상하지 못한 집중 호우로 우리는 서둘러 오타와를 나와야 했다. 오타와에서 몬트리올을 지나올 때 겪은 일은 다시는 겪고 싶지 않은 공포였다. 비가 어찌나 세차게 오는지 앞이 보이지 않았다. 와이퍼가 빠른 속도로 열일을 하건만 세찬 빗줄기로 시야를 확보하기가 어려웠다. 보통 이런 경우 앞차가 비상깜빡이를 켜주어 가이드를 해주지 않던가. 그러나 여기는 그런 문화가 없다. 앞차가 비상깜빡이를 켜주면 좋으련만 그런 차가 없었고 앞이 어떤 상황인지 제대로 모르는 상태에서 어찌 되었든 나는 비상깜빡이를 켰다. 뒤차가 보든 말든 내가 여기 있다고 알려야 할 것 같았다. 한국에서 겪은 적 없는 폭우였고 심지어 그런 폭우 속 운전이었기에 두려운 마음이 들었으나 그 마음을 들키면 아이들이 불안해할 것 같아 말없이 운전만 했다. 카니발에 여섯 명이 탑승해 있었는데 다행히 나를 제외하고는 모두 잠든 것 같다. 조용하다. 나는 너무 긴장한 나머지 옆을 돌아볼 수도 없었고 말을 걸 수도 없었다. 빨리 이 상황이 나아지기를 바라며 핸들을 붙잡고 앞만 보며 운전했다. 얼마쯤 달렸을까? 앞이 보이기 시작한다. 빗줄기도 어느새 가늘어졌다. 상황이 좋아지자 그제야 다들 안도의 한숨을 쉬며 물어본다. "어떻게 운전했어?" 모두가 안 자고 있었다. 너무 긴장한 나머지 아무도 말을 못 하고 숨죽이고 있었던 것이었다. 약해진 빗줄기를 뚫고 숙소에 도착할 때는 '휴~ 살았다.' 이 생각이 들면서 비로소 뒷목이 예사롭지 않음을 느꼈다. 너무 긴장한 나머지 뒷목이 뻣뻣하고 아파서 도저히 견딜 수 없는 통증이 뒤늦게 밀려왔다.

퀘벡의 아기자기한 2층집 숙소. 그 폭우를 뚫고 무사히 도착하여 일상을 맞이하게 해주심에 감사기도를 드렸다. 그날 거쳐온 오타와, 그리고 몬트리올에는 폭우가 내렸고, 몬트리올은 50년 만의 폭우라고 했다. 서둘러 빠져나오길 잘했다. 발이 묶일 뻔했다. 다음 행선지는 프레더릭턴의 한적한 호숫가에 위치한 숙소였다. 우리는 그곳에서 카약도 타고 벤치에 앉아 호숫가를 바라보며 한참 물멍을 때렸다. 여태껏 본 적 없던 폭우를 겪은 그다음 날, 우리는 조용하고 평화로운 프레더릭턴에서 시간을 보냈다. 지인의 사정으로 토론토를

경유한 나이아가라 폭포 투어는 나와 아이들만 하게 되었는데 누군가의 도움 없이 펼치는 자유여행은 더욱 막중한 책임감이 느껴졌다. 나이아가라 폭포 앞에서는 왜 폭포의 이름을 천둥소리(나이아가라의 뜻)라고 지었는지 확실히 알 수 있었다. 그 거대하고 웅장한 자연의 걸작품 앞에서 나는 겸손해질 수밖에 없었다. 한참 폭포를 보며 대자연의 신비 앞에 연신 환호성만 질러 댔다. 그러다 계속 보고 있노라니 무념무상 폭포만 바라보는 '폭포멍'을 하게 됐다. 나이아가라의 폭포 소리와 웅장한 풍경은 눈만 감으면 지금 당장이라도 내가 나이아가라 폭포 앞에 있는 것처럼 생생하게 떠오른다.

나이아가라 폭포 앞에서

캐나다 동부 로드트립은 40대 후반의 중년 여성을 한층 성장시켜 주었다. 나의 성장판은 아직 닫히지 않은 모양이다. 내가 더 큰 것 같다. 확실히 예전과 다르다. 무엇이든 할 수 있을 것 같은 자신감과 도전 의식이 더 커졌다. 내년에는 서유럽과 호주 및 뉴질랜드 그리고 통가왕국을 자유여행으로 다녀오고 싶다. 마음먹은 것은 무엇이 되었든 언제든지 실천할 수 있다고 믿는다. 마치 아름다운 백조가 푸른 하늘을 향해 멋지게 날아오르듯이 나도 그렇게 해낼 수 있다고 믿는다. 어둡고 깜깜해서 두려웠던 터널, 그러나 그 끝에서 난 찬란한 백조를 만날 수 있었다!

찬란한 백조처럼

5

삶은 error 같아요

12월 28일 이찬혁의 'error' 앨범에 수록된 노래를 들으며 대중가요에서 인생에 대한 명쾌한 해답을 얻었다고 '유레카'를 외치며 혼자 두근거리는 가슴으로 노래를 반복해서 들었던 날의 일기를 잠깐 빌려온다.

2024. 12. 28. 토요일

요즘 이찬혁의 <파노라마>, <목격담>, <장례희망>을 아주 많이 듣고 있다. 어젯밤에는 기타로 <파노라마>를 연주했다. 많은 위로가 된다. 삶에 대한 의문. 오류투성이인 불완전한 이 세상에 대한 나의 근원적 질문이 인간적으로, 감각적인 피부로 와닿는 해답을 만났기에 큰 위로가 된다. 나는 예전부터 삶에서 죽음을 맞이하는 태도에 대해 궁금했었다. 신앙인으로서 죽음은 결코 슬퍼할 일이 아닌데 나 역시 불완전한 인간이기에 늘 두렵고 불안하고 죽음에 대한 의문점이 많았다.

안타까운 사고 소식을 들을 때면 너무나 슬프고 마음이 아팠다. 나는 일반적인 경우보다 특히 더 그런 것 같다. 사건이나 사고 소식을 들으면 너무 슬프다. 이제는 나이를 먹어서 그런 것에 무뎌진 편이긴 하지만 예전에 어릴 때 집 앞 보신탕집에서 개가 철조망에 갇혀있는 것을 보고 괴로워했던 기억이 난다. 몰래 가서 철조망을 풀어줄까 꽤 오래 생각했으나 실행에 옮기지는 못했다.

내가 고등학생 때 삼풍백화점 사고가 일어났다. 학교에서 야간자율학습을 하고 있었는데 뉴스를 들었다. 너무 안타까워서 공부가 되지 않았다. 그때 어떤 여학생이 말했다. "경쟁자 줄었네."라고. 그때부터 그 학생이 사람같이 보이지 않았다. 그리고 그런 학생이 나와 함께 같은 교실에 있는 게 너무 싫었다. 물론 티를 내지는 않았지만. 그 외에도 화재 사건, 교통사고, 범죄 등 뉴스에 나오는 사건 사고를

볼 때마다 슬프고 안타까웠다. 불완전한 이 세상을 살아가는 나의 자세를 단단하고 한편으로는 감정이 무뎌지도록 다듬으며 살아가고 있었다. 내게 신앙이 있는 것이 참 감사한 일이라고 생각하면서도 머릿속에는 구원받지 못한, 그래도 이 땅을 착하게 살아간 사람들에 대한 죽음 이후가 너무 궁금했다. 지금도 명확하게 설명할 수는 없다. 다만 확실한 것 이거 하나만큼은 안다. 예수 그리스도를 믿어야 구원받는다는 것. 그 외의 질문에 대해서는 내가 답할 수 있는 부분이 아닌 것 같다. 이순신 장군과 같은 분, 미전도 종족의 아프리카 사람들…. 그들은 도대체 어떻게 되는 것인가에 대한 궁금증을 명쾌하게 답해주는 것은 쉽지 않을 것 같다.

또 하나 내 최대의 궁금증은 이것이다. 갑자기 당한 사고로 죽는 것은 불행한 것인가? 죽음은 평온하게 맞이해야 좋은 것인가? 신앙이 있는 분들 중에도 그런 말씀들을 하시기 때문이다. 잘 때 돌아가셨다고 하는 경우나 아프지 않고 돌아가셨다고 하면 복되고 좋은 거라고 말씀을 하신다. 그러면 사고로 죽은 것은 불행한 것인가? 아프다 죽으면 불행한 것인가? 아니다. 아닌 것은 진즉에 알고 있었는데 이찬혁의 <파노라마>, <목격담>, <장례희망> 을 듣고 인간적인 감각으로 충분히 알게 되어 벅차올랐다. 이찬혁의 이 노래들은 나의 오랜 물음표를 느낌표로 바꿔주었다. 그런데 이찬혁의 이 노래가 담겨있는 앨범 이름이 'error'이다. 오류라는 뜻이다. 세상은 오류투성이다. 인간은 모두 죄인이기 때문이다. 그렇기에 세상에서 완전이나 완벽은 애초에 있을 수 없다. 아마도 인간은 죽을 때까지 오류투성이 세상에서 오류를 범하며 살아갈지도 모른다. 하나님 창조하신 원래 아름답고 흠 없는 모습을 회복하기 위해 노력하며 살아가는 것이 내가 할 수 있는 일이겠지. 그래서 난 작은 실천으로 일회용품 사용을 줄일 것이다. 너무 소소한 실천이라 갑자기 웃기기도 하지만 이것이 내가 할 수 있는 error투성이 세상을 바로잡고자 하는 방법 중 하나이다.

이 일기를 쓰고 난 후 몇 시간이 지나지 않아 무안공항에서 참사가 일어났다. 믿기지 않는, 일어나지 말았어야 할 사건의 뉴스를 접하고 말았다. 대중가요 속에서 인생의 물음표를 느낌표로 바꿨다고 기뻐한 지 얼마 지나지 않아 맞닥뜨린 참담한 뉴스에 가슴이 먹먹해지고 불과 몇 시간 전 얻었던 선명한 색상의 느낌표가 빛이 바래는 것 같다. 철새 도래지에 국제공항이 웬 말인가? 어찌 되었든 버드 스트라이크를 겪은 후 아찔한 순간에서도 안정적으로 동체착륙을 해냈던 기장님…. 그러나 인간의 잘못으로 만들어진 콘크리트 둔덕에 충돌해 버리는 참사가 일어나게 되고 너무나 많은 사람이 희생되었다. 마음이 아프다. 세상은 오류투성이라는 것을 알았지만 이렇게 큰 사고 소식을 접하니 깨달음이 다시 원점이 된 듯 마음속에 물음표들이 생긴다. 시간이 필요할 것 같다. 새벽에 일어나 기도를 하는데 눈물이 흐르면서 무안에 직접 가보고 위로의 마음이라도 전달하고 싶은 생각이 들었다. 무안공항 가는 길을 검색해보니 대중교통으로 7시간 30분이 나온다. 자가용으로 운전해서 가면 4시간 40분이다. 혼자 운전해서 가기엔 부담이 되어 언니에게 연락을 해보았다. 언니도 그날 나와 같은 마음이었나보다. 언니는 벌써 목포로 가는 KTX에 타고 있었다. 아! 내가 한발 늦었구나. 좀 더 일찍 연락해 볼걸! 그래도 그날 밤 언니에게 생생하게 무안공항에 가서 분향하고 돌아온 과정을 듣게 되었고 나 또한 역시 직접 다녀온 것 못지않게 위로의 마음을 나눌 수 있었다.

아랫글은 언니가 들려준 이야기의 일부이다.

"윤미야, 무안공항 합동분향소를 들어서는데 눈물을 주체할 수 없더구나. 너무 어린아이도 있고 초등학생도 있었고. 인증샷 같은 짓은 하지 말라고 주의 표지판에 붙여놓았더라고. 그래서 분향소에서 사진 찍는 사람은 없었어. 경찰에게 부탁해서 포스트잇을 얻어서 메시지를 계단 위에 붙여놓았단다. 공항 내 카페에 카페라떼 열 잔 선결제하는 것으로 작은 위로를 심고 왔다. 내가 가기 전날까지 그곳은 통곡의 현장이었대. 그나마 내가 갔을 때는 많이 철수하고 자원봉사자 그리고 경찰들만 있었어. 난 오늘 많은 분의 도움을 받아서 하나도 어렵지 않게 다녀왔단다. 목포에서 무안 터미널에 가면 공항에 가는 버스가 있을 줄 알았는데 전무하더구나. 공항 들어가는 버스는 운행이 금지된 상태였어. 결국 어느 고마운 시민분이 마침 가는 길이라면서 태워주셨지 뭐야. 공항에 도착했을 때 현장과 가까운 곳은 수 킬로미터 떨어진 곳이었는데 원래 거기까지는 못 가는 곳이었어. 그런데 공항 관련자분께 문의했더니 나를 데리고 안내하며 내가 위로 기도하는 시간까지 묵묵히 기다려 주시고 다시 공항까지 태워다 주셨어. 그뿐만이 아니었단다. 공항에 와서는 나가고 들어오는 택시가 없었는데 마침 ADRIA KOREA라는 NGO 단체 총무가 나를 터미널까지 태워다 주셨어. 지역 주민분들이 모두 이 참사 앞에서 애도의 마음을 함께 하면서 외지인 추모객들을 배려하는 마음에 감동을 받았어. 하늘이 울고 땅이 울었을 슬픔 속에 오직 주님만이 이 땅의 소망 되심을 믿고 허락해 주신 인생이란 시간 동안 더욱 믿음 지키며 살아가자꾸나."

아! 언니가 전해주는 얘기를 듣고 나 또한 당장 무안에 달려가고 싶은 마음이 더욱 거세게 일었다. 그러나 현실적으로 아직 방학 전이었고 혼자 다녀오는 것이 쉽지는 않았기에 아쉬운 대로 의정부역 앞에 설치된 분향소를 찾았다. 심장이 쿵쾅거리고 눈물이 하염없이 흐른다. 다시는 이런 참사가 일어나지 않도록, 남은 유족들의 마음을 주님께서 위로해 주시기를, 이 땅에 정직이 뿌리내리고 그 어떤 정치적 입장이 안전보다 우선시되지 않기를 기도했다. 삶에서 발생하는 error. 때로는 아이러니한 error가 발생하기도 한다. 가장 안전해야 할 곳이 너무 위험한 환경에 노출되는 일…. 제발 그런 일들이 일어나지 않았으면 좋겠다.

irony, error

6

아름드리나무를 보고 얻은 깨달음

아파트 입구에 들어서면 큰 나무가 있다. 참 크고 멋진 아름드리나무다. 약속을 잡을 때면 어김없이 큰 나무를 언급할 정도로 대표적 만남의 광장이자 지리적 설명을 할 때 중요한 이정표가 되어준다. 큰 나무를 바라보고 있노라면 부모님이 생각난다. 공중의 새도 깃들일 만큼 큰 아름드리나무가 되었지만 그 이전에는 작은 묘목인 시절이 있었을 테고 더 거슬러 올라가면 작은 씨앗인 시절이 있었을 것이다.

앞에서도 잠깐 밝힌 적이 있었는데 나는 연약한 아버지를 원망하는 마음이 컸다. 아빠는 왜 이렇게 약하셔서 가족을 지켜주기는커녕 아내인 엄마를 힘들게 하셨단 말인가. 이런 마음으로 아빠에 대해 존경심이 아닌 약함에 대해 미워하는 마음이 내게 자리 잡고 있었다. 그러던 어느 날 아름드리 큰 나무를 보고 있는데 깨우침이 있었다. 아버지께 잘해야겠다는 생각이 들었다. 비록 약하셨지만, 가정을 이루셔서 자녀 셋을 두셨으며 이 세 자녀는 각자 가정을 잘 꾸려서 풍성한 가정을 이루게 되었다. 지금은 온 식구가 다 모이면 꽤나 큰 가족공동체를 구성한다. 보잘것없어 보였을 작은 씨앗에서 시작되어 무럭무럭 자라 풍성한 아름드리나무가 되었을 과정이 흡사 연약한 아버지로부터 시작된 풍성한 믿음의 가족공동체의 구성 과정과 오버랩된다. 엄마께서 많이 걱정하셨는데 감사하게도 아버지는 잘 지내신다. 위풍당당한 모습의 아버지가 아닌 왠지 돌봐드려야 할 것 같은 아버지 모습에 위축이 된 적도 있었고 아버지가 조금 부끄러울 때도 있었다. 그런데 이제는 그렇지 않다. 아버지께 감사하고 아버지가 자랑스럽다. 엄마께서 나의 이런 마음을 아신다면 참기뻐하실 것이다. 아버지가 자녀들에게 혹시나 버거운 존재가 될까 봐 당신의 건강을 더 지키시려고 노력하셨던 엄마. 아버지의 연약함 때문에 자녀들이 힘들어할까 봐 아버지보다 늘 건강하게 하루라도 더 오래 사셔야 한다고 생각하셨던 엄마. 그런 엄마께서 2014년 가족여행 때 하신 말씀이 잊히지를 않는다.

"아버지가 얼마나 착한 사람인지 아니. 그렇게 착한 사람이 몸이 약해서 그렇지, 정말 본성은 그 누구도 못 따라올 거다. 너희들, 아빠께 잘하렴." 그렇다. 아빠는 위대한 아름드리나무 같다. 이제는 지나가던 공중의 새도 깃들여 쉴 만한 위풍당당한 멋진 큰 나무가 오버랩될 만큼 멋있는 아버지시다. 연약한 몸이었지만 그 누구보다 성실하게 근무하시며 아버지로서의 자리를 지키신 분. 아버지 덕분에 가정의 울타리 안에서 성장하고 믿음의 가족을 이룰 수 있었음을 고백한다. 그 풍성한 나무는 더욱 아름드리나무로 크고 멋질 것이며 나 또한 멋진 한 그루의 큰 나무가 될 수 있겠지. 못 할 것 없는 푸르고 큰 아름드리나무로 성장할 것이라 믿어 의심치 않는다.

부모님께 감사함을 느끼게 되는 아름드리나무

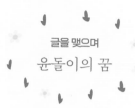

글을 맺으며
윤돌이의 꿈

나는 하고 싶은 것들이 참 많다. 내게 주어진 시간 동안 즐겁게 배우며 배운 것을 다른 사람과 함께하며 함께 웃고 함께 울고 그렇게 함께 이 세상의 소풍을 즐기고 싶다.

윤돌이의 꿈

안녕? 마흔여덟! 나의 40대 후반을 반갑게 맞이하고 싶다. "또 다른 목표를 세우거나 꿈을 꾸기에, 너무 많은 나이란 없다."라는 C.S 루이스의 명언처럼 나에게 나이는 배움의 걸림돌이 되지 않는다. 아직도 하고 싶은 것이 많고 지금 하고 있는 것들도 너무나 재미있게 배우고 있는 나 자신이 참 사랑스럽다. 나이 마흔이 되어 나란히 찾아와 준 배움의 행복과 도전 정신은 나의 지경을 넓혀주고 있다. 배우는 것이 꽤 많은 편인데도 아직 배울 것들이 빼곡히 적혀있는 나의 꿈 목록 수첩. 하나하나씩 이루어 가고 싶다. 나의 멈추지 않는 배움, 스물한 번째 꿈 목록에는 무엇이 올까?

윤미의 꿈 목록

어린 시절 나 자신을 미워했던 적이 있었다. 뛰어나게 공부를 잘하고 모든 방면에서 우수한 언니들과 다르게 그저 평범한 나 자신을 스스로 못난이라고 여기며 사랑하지 않았었다. 그 누구도 뭐라 하지 않았건만 왜 그렇게 열등감에 외로워했는지 모르겠다. 사춘기에 접어들면서 그 열등감과 외로움은 점점 커졌고 엉뚱하고 어리석은 질문을 스스로에게 던지고 있었다. '난 왜 이렇게 부족하고 못났지?' 이 질문에 대한 해답은 나 혼자서 찾을 수 없었다. 오랜 시간이 걸리긴 했지만, 가족의 사랑이, 특히 엄마의 위대한 사랑이 마침내 해답을 찾게 해주었다. 내가 얼마나 멋진 존재인지 얼마나 사랑받을 수 있는 존재인지 발견할 수 있었다.

이제 글을 맺으며 이 지면을 빌어 감사의 인사를 전하고 싶다. 완전히 철든 천사 같은 남편 완철, 할머니께 받은 차고 넘치는 사랑으로 매사에 사랑과 감사가 넘치는 착한 딸 다현이, 친정엄마의 투병으로 춥고 시렸던 마음을 따뜻한 온기로 데워 준 나의 미니미 둘째 딸 주현이, 나의 부탁은 뭐든 들어주고 나를 도우려고 애쓰는 기특한 자녀들이다. 책에 있는 삽화도 나의 부탁으로 애들이 아이패드로 뚝딱~그려주었다. 이쯤 되면 공저라고 봐도 되지 않을까?

그리고 나를 낳아주시고 길러주신 아빠. 노년의 힘든 시간에 아빠를 모셨다고 두고두고 고마워하시고 미안해하시는 친정 아빠께도 감사를 드린다. (아빠, 제가 더 감사해요.) 아빠는 '대기만성 윤미'라고 나를 부르시며 아빠의 용돈을 모아 나에게 종종 격려금을 챙겨주신다.

그리고 강인한 도전 정신과 무엇이든 해낼 수 있다는 긍정적 마인드로 꽉 차게 나를 빚어주신 엄마께 이 책을 바칩니다.